我们在热爱世界时便生活在这世界上。

We live in this world when we love it.

—— 泰戈尔（Tagore）

这个世界的
人与人文

胡钰 著

海豚出版社
DOLPHIN BOOKS
中国国际传播集团

自序
旅行、大旅行与深旅行

2022 年 4 月，国务院新闻办公室发布了《新时代的中国青年》白皮书，其中提到，"青年走出去看世界的需求得到更好满足，逐渐从'只在家门口转转'转变为'哪里都能去逛逛'，见识阅历更加广博"[1]。这的确是一个极大极好的变化，不仅展示了当代中国青年不同于之前时代青年的成长环境，而且从青年视角看到了一个日益融入世界的中国。

旅行之于当代中国青年来说，已经成为基本的生活方式、休闲方式，即便是国际旅行也是愈发司空见惯。与父辈们的国际旅行往

---

[1] 国务院新闻办公室：《新时代的中国青年》，《人民日报》2022 年 4 月 22 日。

往采用团体游不同，当代中国青年更愿意以自由行的方式出行，这得益于青年们的语言能力、国际视野与个性追求，无疑是一种积极的进步。然而有趣的是，当越来越多的青年们走出国门自由旅行后，所谓"小众旅行"又渐渐变成了"大众行为"，具体来看，到国外特别是欧洲看到的往往就是教堂、广场、博物馆，做的事情往往就是品美食、拍美照、发朋友圈。久而久之，大家似乎也觉得缺了些什么。

或许是因为看到的东西太重复了；或许是因为能做的事情太有限了；或许是因为再美的景致、再美的建筑如果没有故事也缺乏能打动人心的触点；一言以蔽之，仅仅"游逛"的旅行缺了与不同旅行对象、不同历史人文的"对话"，总觉得缺了些能长久留存的"味道"。人们常说，旅行是移动的阅读。延伸来想，有收获的旅行一定要有"阅读感"。有质量的阅读型旅行既要有感官映射与情感激发，又要有理性介入，有人的交流与思想的触动。

18 世纪的英国曾出现一种专以游学为目的的旅行模式，史称"大旅行"（grand tour）。家境富裕的贵族和士绅子弟从牛津或剑桥大学毕业之际，通常要赴欧陆周游一番，一来亲身体验西方古典文化和文艺复兴文化发祥地的魅力，学习语言、艺术、建筑、地理，二来与欧陆的上流社会往来交际，学习优雅言行、高贵举止。这一习俗延续了一百多年。[1]

从"大旅行"的目的及目的地来看，一方面，学习礼仪、品味等举止修养，这以巴黎为代表的法国之旅为重点；另一方面，学习艺术

---

[1] 萧莎：《"大旅行"在 18 世纪的英国》，《光明日报》2017 年 08 月 16 日。

审美、人文主义等思想精神，这以罗马、佛罗伦萨、博洛尼亚为代表的意大利之旅为重点。从"大旅行"的实施来看，其最大特点是这些青年人在旅行地往往会停留较长时间，与当地人有深度交往，了解学习其文化。从"大旅行"的效果来看，其影响了百余年英国青年人特别是上层青年的成长，并进而影响了整个英国社会的气质风尚，更有意义的是，游学作为一种教育方式在当代西方教育中依然普遍运用。

我曾访问过意大利一所专门研究美食的大学，据校长介绍，在学校不到两年的硕士研究生培养过程中，学生有三次为期一周的学习旅行的机会，可以到世界各地去考察，其目的是让学生通过切身体会，从口味、营养、成分、文化等多方面掌握不同美食的内涵与特征。这些年来，学生们去过五十多个国家旅行，而旅行需要的学术支持和后勤保障都由学校安排，指导教师也会全程陪同。我曾给国内很多青年人介绍过这所学校的这种培养模式，无不引起即时艳羡，希望参与者不在少数。

阅读型国际旅行给参与者带来的收获是潜移默化、日积月累的。通过直接与不同的人与人文接触，可以直观地了解世界的文化多样性，看到与自身不同的"另一种存在"，"见"得多了，自然"识"得深了，在此过程中会逐渐思考人类的源起、构成与未来，思考人文主义的精神与可贵。

人文主义是一个历史文化概念，有着丰富的内涵。在文艺复兴时期，人文主义体现了对神权的反抗，呼唤人性的解放，以达·芬奇、拉斐尔、米开朗基罗、提香为代表的艺术家们都以自身的才华展示着人体的美；在工业革命时期，人文主义体现了对技术主义、机器主义、工具主义的反抗，呼唤对德性的重视，许多教育家对大学教育的反思和对通识教育的坚持，都在追求对"人"的塑造而不是"物"的制造。尽管这些人文主义的内涵不同，但都强调向古代经典学习，其实质都是人本主义，强调以人为目的而不是手段的理念。

15、16世纪之交是欧洲成为世界中心的时代，迪亚斯发现好望角、哥伦布发现美洲、达伽马发现印度、卡布拉尔发现巴西、麦哲伦完成环球旅行，还有哥白尼发现了太阳的中心地位，这些发现改变了世界的空间和时间尺度，也改变了世界的格局。如果说这些人改变了人类对物质世界的认识，还有一位欧洲人，却改变了人类的精神世界，尽管他的名字在后世不是那样显赫，他的思想在科学主义与实力主义盛行的时代里更是显得不合时宜，但他的名字——伊拉斯谟，值得我们记住。

伊拉斯谟1469年出生于鹿特丹，集诗人、语言学家、神学家、教育家于一身，被誉为是当时欧洲最伟大的人文主义者。奥地利作家茨威格专门为他写了传记，认为"他是第一个有世界主义意识的欧洲人，他从不认同这一个国家比另一个国家更优越，并且由于他曾使自己的头脑养成这样的习惯：根据各个国家自己认为是最高尚和最完美的思想精英——各个国家自己的栋梁之材——作为评价各个国家的唯一标准，所以他觉得所有国家都值得爱戴"。在那个时代，"欧洲所有国家的最优秀的理想主义者都对人文主义趋之若鹜"。其最核心信仰是，启迪理性促进世界和平与进步。在伊拉斯谟看来，人世间真正的力量是"通过善意的互相理解使冲突得到缓和，使是非曲直得到澄清，使纠纷争端得到平息，使分歧的各方重归于好，使离群索居的人获得更广泛的人际关系"。他的这种精神也被称为"伊拉斯谟精神"。[1]

伊拉斯谟在荷兰出生，在法国求学，游历欧洲各国，在英国和意大利访问多次，在瑞士巴塞尔居住多年且在此地离世，在广泛、深入的旅行中，伊拉斯谟以最开拓的胸怀汲取不同文化滋养，结交各方贤达人士，形成丰富厚重的知识体系与思想精神。伊拉斯谟无疑是幸运的，在他中年时期就受到广泛的赞誉，与英国的伟大人文主义学者、政治家、《乌托邦》的作者托马斯·莫尔成了莫逆之交，德国乃至欧洲宗教改革运动发起人、基督教新教的创立者马丁·路德给他写信表示致敬，红衣主教多次邀请伊拉斯谟赴宴未果只能自己前往拜访。在茨威格看来，巴塞尔由于伊拉斯谟的居住成为世人的思想宝库。"去拜访伊拉斯谟则是向当时代表巨大而又无形的精神力量的这样一位象征性人物所表示的最最令人瞩目的崇敬，就像人们在十八世纪拜访伏尔泰和在十九世纪拜访歌德一样。"[2] 这种巨大的精神影响力传递至数百年后，笔者在旅行至巴塞尔时要去伊拉斯谟故居造访，在法兰克福旅行时要去歌德故居造访，既是表示崇敬，也是表达承继。

16 世纪初，欧洲政治格局动荡，各大政治势力为了争夺霸权而频繁发动战争。1513 年，马基雅维利写了《君主论》一书，主张强权，其核心思想是为了拥有权力可以采取一切欺诈、谎言、残暴等手段；1515 年，伊拉斯谟写作了《基督教君主之教育》一书，主张和平，其核心思想是培养贤明的君王最重要的是进行人文主义教育。从

---

[1]（奥）斯蒂芬·茨威格：《鹿特丹的伊拉斯谟：辉煌与悲情》，舒昌善译，生活·读书·新知三联书店，2018 年版，第 4—5 页。
[2]（奥）斯蒂芬·茨威格：《鹿特丹的伊拉斯谟：辉煌与悲情》，舒昌善译，生活·读书·新知三联书店，2018 年版，第 122 页。

理论实质看，前者的功利主义与后者的理想主义形成了鲜明的对比，从 500 年来人类历史看，前者的流行与后者的边缘也形成了鲜明的对比。不过，在伊拉斯谟的时代，或许是受到了当时一大批人文主义者的影响，许多主教们、贵族们都不再收藏各种武器而是收藏图书、绘画和手稿。事实上，当人类不再竞相发展互相屠杀的武器，而是倾心创造文化艺术作品，整个世界才真正成为人间天堂，进入基于人文主义的人类新文明。

"大旅行"无疑是培养人的有效方式，但值得关注的是，当年的"'大旅行'实际是西方文化之旅，是西方人成其为文化意义上西方人的训练。如果西方人失去了文化认同，西方人也将不成其为西方人。西方人之所以成为西方人不是因为他们生来就是西方人，而是一种文化的熏染与训练，除了日常生活之外，还包括'大旅行'这种精致文化生活的训练。"[1] 这一反思具有很强的洞察力，揭示了"大旅行"的历史局限性。当然，通过旅行来学习的形式显然是有价值的，那么，如何突破呢？

于是乎，在笔者的大学教学实践中，开设了探索性的《全球胜任力海外实践课程》，试图带领同学们走入那些平日里较少被关注的非西方国家或非英美西方国家，看看"多样化的全球"而不是"西方化的全球"，看看不同的人类的文化形态。每次课程的主题大都是人文内容，在确定好旅行目的地后，都由同学们自己联系当地的访问人士与机构，换言之，这样的旅行是真正的民间之旅、人文之旅。一路走，一路谈，在移动课堂中学习，在独立思考中感悟。渐渐地，多年下来，

[1] 陈胜前：《考古学有什么用？》，《读书》2022 年第 4 期。

这个课程形成了自己的风格，也成为了清华大学通识荣誉课程，成为同学们热选课程之一。或许可以把这种游学方式称为"深旅行"（deep tour）：深在旅行对象的广泛上，凡属人类文化地都是值得探访的，同学们开玩笑说依据不同语系、拿着人类文化辞典找目的地；深在学习方式的活跃上，在旅行中既要观察、体验最典型的文化内容，又要见到当地最多数的人，见不同的人，听不同的话，换言之，既要"见物"，也要"见人"。记得一次访问驻外使领馆时，有外交官评价说这样的旅行课程很"灵动"，给我印象深刻，觉得极其贴切。

这些年里，这样的"深旅行"带给了笔者特殊的经历、体悟与记忆，交了许多亲切真诚的朋友，比如巴西马瑙斯的大法官、尼泊尔驻华大使等。许多场景多年过后依然宛如昨日，因为许多经历都是"一生一次"的，有释迦牟尼诞生地蓝毗尼的"挂单"，有耶稣诞生地伯利恒之星的"触摸"，有雅典柏拉图学园的"奇探"，有亚马孙雨林中的粉红色海豚"共游"，有莱蒙湖边奥黛丽·赫本墓地的"偶遇"，举不胜举，成为宝贵的记忆，也让笔者更加认识到人类文明的璀璨，世界文化的丰富。

进入21世纪，当人类的技术能力、物质水平愈发先进的时候，我们会发现，各种全球性挑战、全民性焦虑依然让人类过得很不开心。更重要的是，媒介化社会让人类越来越依赖于自我选择的有限信息来认识世界，信息固化乃至极化带来社会分化，我们需要重新反思当代世界和人类文化的构建。今天的世界既需要智能化，更需要人文化，没有人文内核的智能只是机器智能、资本智能而不是人类智能，今天的世界需要以真正的理性、和平、包容为核心的新人文主义，这种人文主义既反对神权也反对霸权，以人类为中心、以平等为原则、以合作为方法、以自由为追求，这种人文主义是滋养人类发展的新的文化与精神，推动建设世界文化共同体、人类命运共同体、地球生命共同体。

写作此文时，恰逢清华大学 111 周年校庆之际。大学是知识的花园，是人才的摇篮，是人类文明的传承地与创造地，也是世界合作的纽带与平台，期待全世界的大学联合起来，建设新文明，育成新人才，为人类的和平与发展做出更多引领性的贡献。

2022 年 4 月 24 日于清华园

目录

欧罗巴

翡冷翠的人与人文

　　一个外国城市有两个中国名字可是少有的，意大利的佛罗伦萨就是这样的，它还有一个名字叫翡冷翠。如同中国古人的名字有大名还有字，像诸葛亮字孔明，如果这个"字"取得好，往往会与大名同样被人称道，因而孔明先生不但被频繁使用而且显得更有味道。同样，翡冷翠这个名字之创意，为国人所喜欢，甚至被誉为最美的外国城市译名之一。我以为，这种美，不仅是因为"翡冷翠"的字面之美，更重要的是，其文字中蕴藉着佛罗伦萨这座城市美的意境。这是一种具有浓郁历史气息的人文主义之美。

一

　　坐落在亚平宁半岛中部的佛罗伦萨，北边有米兰，南边有罗马，前者具有强大的经济实力，后者具有强大的政治权力与宗教权力，而居于它们之间的佛罗伦萨，其影响力一点儿不亚于这两座城市，甚至更具吸引力。究其原因，就是其强大的文化魅力，源于这座城市中曾经出现的著名人物以及城市中数百年来弥漫的人文气质。事实上，作为欧洲文艺复兴的发源地，佛罗伦萨已经成为全世界艺术家心目中的圣地，也是全世界人文主义者心目中的圣地。

当我走出佛罗伦萨火车站，踏上这座城市的土地，一眼望见的就是一座座古老的建筑，那种历史感扑面而来。当我在感慨时，同去的意大利朋友就笑着说，这可不是佛罗伦萨最老的、最美的建筑，往前走吧，很快就能看到这座城市里真正的历史与美。

在佛罗伦萨，我的第一站就选择了但丁故居。这位伟大的诗人1265年出生于佛罗伦萨，写作了长诗《神曲》，奠定了现代意大利语，被认为是欧洲文艺复兴时代的开拓者。恩格斯在《共产党宣言》1893年意大利文版序言中曾经表达了对但丁的高度评价，"封建的中世纪的终结和现代资本主义纪元的开端，是以一位大人物为标志的。这位人物就是意大利人但丁，他是中世纪的最后一位诗人，同时又是新时代的最初一位诗人"。如此评价，表明了但丁的承前启后的历史性地位。

但丁还有一句话被国人反复引用，而这句话转引自马克思。在1867年《资本论》第一版的序言的最后，马克思引用了但丁的话："任何的科学批评的意见我都是欢迎的。而对于我从来就不让步的所谓舆论的偏见，我仍然遵守伟大的佛罗伦萨人的格言：走你的路，让人们去说罢！"这是套用了但丁《神曲》中《炼狱篇》第五首歌中的一句话。

在佛罗伦萨古城中心的但丁故居里，可以看到但丁家族的图谱；

看到地狱的图示，如倒金字塔般的九层，严格按照作品中的叙述，标注了灵魂罪恶的不同层次和名称；看到炼狱的图示，如正金字塔般的九层，也是严格按照作品中的叙述，灵魂经过不同层级的洗礼最终可以达到天堂。当然，最有历史感和冲击力的，是但丁死前的面具，让今天的观者可以想见距今约700年的公元1321年但丁临终前的面容。

同去的意大利朋友看我在故居里很是激动，"揶揄"道，这里并不是真的但丁故居呢！只是后人根据他的叙述复原的。我说，尽管如此，但就是在这里，才可以最近距离地接近这位伟大的诗人啊！何况从1911年这里辟为但丁博物馆至今也已经超过100年了呢。

二

紧接着的第二站，来到了圣十字教堂。之所以我要选择来这里，也是因为这里能够近距离地接触许多伟大的人物。这座教堂兴建于13世纪末，用了100多年的时间才完成。教堂是典型的哥特式建筑，尽管它的规模不是最大的，但其意义在于与之联系在一起的人。在教堂外就可以看到伫立的巨大的但丁雕塑，突出了但丁与这座城市、这座教堂的关系。更重要的是，在教堂里安葬着几位著名的人物：米开朗基罗、伽利略、马基雅维利。

马基雅维利1469年生于佛罗伦萨，1527年终于佛罗伦萨，一生的事业与思考都是在这个城市进行的。他从29岁开始有长达14年在佛罗伦萨共和国担任高级官员的经历，因而写出了旷世的《君主论》。据说，这本书已经成为几乎所有皇帝、国王、统治者们的必读书目，拿破仑在这本书上写满了批注。作为一位政治思想家，马基雅维利主义已经成为专有名词。批评者认为这是一种不择手段的权谋之术，肯定者认为这是对政治规律的深刻揭示。但不管批评与肯定，大家都承认，正是在他这里，从人的视角而不是神的视角来看待国家、政治、军事。马克思曾经把马基雅维利与卢梭、费希特、黑格尔并列，认为他们"已经开始用人的眼光来观察国家了，他们从理性和经验出发，而不是从神学出发来阐明国家的自然规律"。

其实，马基雅维利在晚年，还写作了《佛罗伦萨史》，讲述了从古罗马到文艺复兴时期，从大约公元前 1 世纪到公元 1492 年这座城市的历史。这也是文艺复兴时期人文主义历史学的重要著作。作者以人文主义的笔触来描写这座城市，讲述不同阶层的鲜活的人的故事，也揭露了教皇及其统治集团的负面行为。

看着安静躺在圣十字教堂内的马基雅维利，回想当年他的人生起伏，尽管遗憾他因为政权变动没有能够继续自己喜爱的从政事业，但又庆幸于他没有继续从政，否则这些伟大的著作又从何而来呢？其实，对于那些有写作才华的大人物来说，不去追求权力或许是更加明智的选择。

三

在圣十字教堂外沉思着历史时，天空飘起了细细的小雨。于是，我们赶快转移。因为预定了参观乌菲兹美术馆的时间，我们就往阿尔诺河边走。顺着河边，走着走着，眼前赫然出现一座博物馆，定睛一看，伽利略博物馆。我与同去的意大利朋友说，约不如撞，既然雨水把我们引到了这里，就进去吧。

仔细看起来，才觉得真是来对了，因为这里对佛罗伦萨的科学史进行了细致的描述，对伽利略在佛罗伦萨的一系列科学活动也有着详细的记载。展馆的设计按照不同研究领域，同时又兼顾时间顺序。看了才知道，1657年在佛罗伦萨成立了"实验科学院"（Accademia del Cimento），这是欧洲第一家完全以科学为目的的研究机构，它的成立还早于"伦敦皇家协会"（Royal Society，London，1660）和"巴黎皇家科学院"（Academie Royale，Paris，1666）。这所科学院按照伽利略的指导，对当时被普遍接受的以亚里士多德权威为基础的一系列自然哲学原理进行检验。1667年，实验科学院出版了《自然实验评论》，对自己的研究活动做了总结，在温度测量、气压测量和对土星的观察等方面都取得了重要成果。

从展览中得知，17世纪初，统治佛罗伦萨的美第奇家族把注意力转向海洋世界，希望同印度开展贸易，托斯卡纳地区由此成为海洋科学重要的中心之一，1646—1647年在佛罗伦萨出版了《论海洋的秘密》一书。由于美第奇家族对战争的理解越来越基于科学基础，战场于是变成了科学的舞台，军事人员在采取军事行动之前必须先学会必要的科学知识。事实上，伽利略在为听他课的贵族们编写的教学计划中就提出，现代的军事指挥官应该懂得算术、几何学、地形学、透视学、机械学。这种观察战争的科学视角，也成为推动佛罗伦萨乃至欧洲科学发展的重要动力。仔细想想，在人类近现代及当代科学发展中，军事需求往往发挥了极其重要乃至关键性的驱动作用。

这个展馆让参观者对伽利略的实验精神与独立的质疑精神有了充分了解，也对佛罗伦萨在科学史上而不仅是艺术史上的地位有了更全面的了解。

四

从伽利略博物馆出来，几分钟的路程，就到了此行的重要目的地：乌菲兹美术馆。这里是欧洲第一家以现代艺术风格向世人展示的博物馆，早在 1591 年就有关于这里的描述："仿佛被包围在万紫千红的美丽景色之中……就像身处在世界的巅峰……这里不仅可以看到年代久远的精美雕像，还可以欣赏高贵典雅的各种油画以及难得一见的稀世珍宝。"

16 世纪中叶，设计师瓦萨里在佛罗伦萨政府大楼基础上进行改造，设计出了后来的乌菲兹美术馆。这座美术馆有名，既是因为这里珍藏着达·芬奇、米开朗基罗等大师的作品，也因为这座建筑本身就是一件巧夺天工的大型艺术品，而且人文历史积淀深厚，曾经是但丁、薄伽丘演讲的场所。在这座美术馆里，能够嗅到佛罗伦萨浓郁的艺术气息，感受到那颗属于这座城市的人文灵魂。

同去的意大利朋友看我从进门就迈不动脚步了，不得不提醒我说，这里有 100 多个展馆，如果想在有限时间内最大限度地看，必须做选择还得加快速度。我想了想，从我有限的艺术知识储备里提取了达·芬奇、米开朗基罗、拉斐尔、波提切利、提香几个名字，然后迅速开始了我们的精准观览。所谓精准观览，意味着只仔细看这几位大师作品的展厅，其余的则是快步而过或过其门而不入。

达·芬奇被认为是"文艺复兴时期最完美的代表"，是人类历史上绝无仅有的全才。在乌菲兹美术馆，我看到了达·芬奇的两幅很著名的作品：一幅是《天使报喜》，另一幅是《东方三博士的礼拜》，创作时间在 1475—1481 年间。两幅作品都是基督教题材，这也与整个

上图：但丁故居

下图：乌菲兹美术馆内的画作

美术馆里大量作品的题材是一致的，以至于在这座美术馆里，就这两个题目的作品，有好几位不同作者的版本。这让人不得不感慨，中世纪以来欧洲最好的艺术品都是献给上帝看的，最好的房子都是献给上帝住的。作者的画作中有大量的隐喻，通过解释才能意识到。比如《东方三博士的礼拜》中的背景——残垣断壁暗示了在基督降临时异教徒的垮台。从艺术手法上看，透视关系在两幅画中都有充分体现，比如在《天使报喜》中，托斯卡纳美丽的树林和山峰渐渐隐于远方。

米开朗基罗的著名作品是《神圣家庭与幼年施洗者圣约翰》，大约创作于1506—1508年。乍一看，整个画面极具雕塑感。画面前景中，圣女从圣约瑟夫手中接过耶稣，三人就如同雕塑一般。而在画面背景中，干脆就画了五个或倚或坐在栏杆上的小裸体人物，如同古典雕塑一般。画作题材源于《圣经》中基督出生、施洗的相关章节，画框上还有展示基督、天使、先知的五个圆形窗口。

波提切利的《春天》在此美术馆中颇具盛名。《春天》创作于1481年至1482年间，画面展示了花园中嬉戏的场景，以维纳斯为中心，一共描绘了9个人物，有翩翩起舞的美惠三女神，还有遮住眼睛的丘比特等，整个画面洋溢着自由、宁静、欢愉的气息。瓦萨里说："维纳斯就像春天的符号一样，被美惠三女神以鲜花崇拜。"花园里的柑橘树上满是花果，地面上也是五颜六色的花朵，看了介绍才知道，在画面中的草地上，画了200多种鲜花，而且有许多只有在春天佛罗伦萨郊外的山上才有。站在画作前，强烈的自然感与人文感扑面而来。

文艺复兴时期的艺术气质在这些作品中得到充分体现。提香的《乌尔比诺的维纳斯》就被认为是全时期最性感的图像，而《生育女神佛洛拉》展示的就是一个丰满的新娘。徜徉于浩瀚的艺术品中，边走边看，边看边思，愈发体会到，5 个世纪前的人文主义者们展示源于人性与自然的美丽，探索源于科学与自然的规律，以此与中世纪神学的蛮横统治相对抗。

五

在这里参观，乃至在整个佛罗伦萨，看到听到最多的故事不仅关乎艺术，还有艺术背后的一个特殊家族——美第奇家族。这个家族统治佛罗伦萨 300 年，不但富可敌国，而且对艺术极度热爱。从老柯西莫国王（1389—1464）开始，就大量赞助艺术家和艺术活动，他高度关注城市的艺术与文化发展，1444 年创建了由米开朗基罗设计的欧洲第一家公共图书馆。美第奇家族的艺术基因一直都得到很好地传承，甚至不少家族成员对权力与政务不感兴趣，仅仅喜欢创意与艺术，与艺术家们过从甚密，文艺复兴时期大量艺术家都得到过这个家族的赞助与庇护。

美第奇家族不仅在佛罗伦萨有影响力，在欧洲也曾显赫一时，家族中曾经出过多位教皇。在乌菲兹美术馆中就有拉斐尔的作品《教皇莱奥内十世》，这位教皇本名叫乔万尼·美第奇，1513 年被选为教皇。这幅画面中，教皇的绸缎长袍栩栩如生、闪闪发光，具有的浮雕感令人叫绝。

乌菲兹美术馆的核心藏品就来自美第奇家族的收藏，凸显了这个家族的审美与实力。值得称道的是，到了美第奇王朝的最后一位继承人路易莎（1667—1743），她在临终前明确提出，将乌菲兹美术馆作为"公共财产并且不可转让"，可以说留给了佛罗伦萨无价之宝，也给家族留下了无限美名。尽管没有从肉体上留下家族后裔，但却从精神上留下了家族荣耀。

美国历史作家威廉·曼彻斯特在其著作《黎明破晓的世界——中世纪思潮与文艺复兴》中认为，"米开朗基罗、拉斐尔、波提切利和提香之后的 500 年间，我们找不到任何可与他们相匹敌的艺术家。文艺复兴时期，功绩斐然的画家和雕刻家不会迎合大众的低俗趣味、年轻人的时尚和俗气的禁忌。政客也不关心这个。他们毕生致力于艺术化的表达，让时间去判断他们的智慧"。

佛罗伦萨正是这样一座城市，500 年来，以其特有的人与人文，传播着城市的气质，散发着城市的魅力，让时间去衡量城市的智慧与贡献。

哲学、神话与文明

刚到希腊时，打开一张雅典地图，看到地图上方用特别大的字体写着一句话："欢迎来到世界上最古老的城市之一，这里是欧洲文明的摇篮和民主的起源地。"那种城市的自豪感与历史的厚重感扑面而来。沉浸在这个国家，能够找到许多过去，也能够看到许多未来。

一

古希腊哲学是希腊对人类做出的巨大贡献，古希腊哲学家也成为希腊文化最好的代言人。当陪我参观雅典卫城的希腊朋友得知我的这一兴趣后，略带神秘地说："一会儿下去看一个地方，你一定喜欢。"

从辉煌壮丽的卫城下来，走了不久，进入一片树林，空无一人，阳光透过树荫洒在草地上，斑驳错落，显得尤为静谧。正走着，看到一块树立的指示牌，希腊朋友说："到了，就这里。"我仔细读起指示牌，不禁叫出来："苏格拉底的监狱？！（Prison of Socrates）难道这就是苏格拉底临终待的地方，就是柏拉图对话集里记载的苏格拉底与学生们讨论灵魂问题的地方！"

这个监狱其实是岩石中挖出的三个石洞，透过铁栏杆向里望去，空间并不大，想到 2000 多年前，苏格拉底于被雅典法庭判处服毒前一天与来送行的学生们在这里漫谈，那是怎样的场景与气氛。根据记述，当时在场的有名有姓的人就有十个，再加一些本地人，得有十来人，在这个并不宽阔的空间里，也算是济济一堂了。裴洞回忆说："我并不感到面对至友临终时的那种悲恸欲绝，因为这人显得非常幸福。""他言谈举止都很安详，是很从容、很高尚地辞世的。""有一种非常奇特的感觉笼罩着我，感到既乐又苦，因为心中想到我的朋友行将逝世了。"

当天站在这个古老监狱的洞口前，看着空寂的洞里，洞口岩石上还有水滴不时滴下，思接千载，的确"有一种非常奇特的感觉笼罩着我"，感到既乐又静，倏忽间穿越时空见到先哲的影子，体悟到思想与法律的味道。

苏格拉底是"古希腊三贤"的第一人，他的学生柏拉图与学生的学生亚里士多德都继续从事教育和研究活动，并在雅典留下了深刻的印记。

当我们去探访柏拉图学园的遗迹时，发现比预想的要困难。尽管司机知道大致位置，但是转来转去，就是没有找到，司机也显得异常焦急。看到如此困难，我对司机说不行就放弃吧，但司机很热情，说我们再问问，应该就在附近。司机把车停在一个修车厂前，进去询问。

很快，厂内的一个修理工和司机一起走出来，看起来这个修理工是知道的，大声且详细地给司机指点比画着位置，那种热情令人印象深刻。司机上车后，我玩笑着说，感觉柏拉图好像是这位修理工的邻居，司机笑着说，是的，他很熟悉，知道怎么去。

按照这位修车厂师傅的指引，我们顺利地找到了柏拉图学园。巧的是，我们还碰到了一对当地的青年男女，他们也是去探访柏拉图学园，热情地为我们指出了准确的学园入口。在这个著名的学园中，已经不见当年的建筑，但有许多巨石、科林斯石柱，还有许多橄榄树。

比较而言，亚里士多德学园被保护得好很多。据介绍，在2011年建造一座博物馆时，这座学园的遗迹被发现，并且被认真地挖掘、保护与展示。这座学园在公元前335年建立，也被称为"逍遥学府"（Peripatetic School），因为亚里士多德喜欢与学生们一边走路一边讨论。站在学园里，还能清晰地看到当年的建筑规模与园内路径。想来，边走边聊，确实是一种有效的讨论方式与独特的教学场域，身体与思想一起运动，老师与学生一起运动，在移动中聚集知识。

古希腊的先哲们群星璀璨，原本还想去探访伊壁鸠鲁、德谟克里特、芝诺、皮浪等人的遗迹，可惜行程无法安排。令人感慨的是，问及希腊当地人，对这些哲学家多是知晓的，甚至还能说一说他们的主要观点和个人趣事。

古希腊哲学家们体现了对知识的强烈追求，他们探索世界的本原，探索智慧的真谛。公元前6世纪的赫拉克利特认为，博学并不能使人智慧，"智慧只在于一件事，就是认识那善于驾驭一切的思想。"当然，他最有名的话是："人不能两次踏进同一条河流。"

德谟克里特认为一切事物的始基是原子和虚空，其余一切都只是意见。他也说过类似的话，"应该尽力于思想得很多而不是知道得很多"。"身体的美，若不与聪明才智相结合，是某种动物性的东西"。能够最有力地体现其对知识追求的一句话是，"只找到一个原因的解释，也比成为波斯人的王还好"。换言之，"求知"重于"成王"。

公元 5 世纪的《修昔底德传》中，曾记述一个故事，儿时的修昔底德随父亲聆听历史学家希罗多德朗诵其著作，感动流涕，希罗多德见状对其父亲说，"你的儿子深受求知欲的感动"。后来，修昔底德写作了《伯罗奔尼撒战争史》，在书中的第一章就说，"如果研究者想得到关于过去的正确知识，借以预知未来（因为人类历史的进程中，未来虽然不一定是过去的重演，但同过去总是很相似的），从而认为我的著作是有用的，那么，我就心满意足了。一言以蔽之，我所撰写的著作不是为了迎合人们一时的兴趣，而是要成为千秋万世的瑰宝"。

在修昔底德看来，人性之恶是战争之源。雅典人与斯巴达人之间爆发战争，不在于民主制与寡头制的制度之争，而在于人的贪婪，在于双方狂热追求权力和占有欲。由于人性不变，历史总在重演。这与当代国际政治中所谓"修昔底德陷阱"（Thucydides' Trap）的解读是不同的，后者的引申、牵强与似是而非显然与修昔底德对人性之恶、战争之恶的谴责的智慧相去甚远，更加忽视了从古希腊至今人类对国际关系民主化与国际秩序和平化的永恒追求。

在希腊，历史存在于现在，哲学存在于生活。一天黄昏，站在雅典的苏格拉底与柏拉图辩论广场，遥望远处高山上熠熠闪着光芒的帕特农神庙，文艺复兴时期拉斐尔的画作《雅典学院》浮现眼前，希腊的美丽与智慧、沧桑与宁静，都如同清风拂面，徐徐而来，不邀自现。

拉斐尔,《雅典学院》

二

古希腊的神话故事中创造了许多神灵，这些神灵不仅活在故事中，更成为具体的绘画、雕塑、神庙，成为君王、学者、城市的源起，广泛而大量地活在希腊的土地上与现实中。从一定意义上说，不了解希腊诸神的谱系，很难进入希腊的历史与文化，看到的雕塑只是石头，神庙只是房子，同样，也很难进入希腊人的精神与现实世界，听到的只是离奇怪诞的传说，还有匪夷所思的观念。

雅典的城市命名就与神话有关，据说奥林匹斯山上的众神宣布，谁能为人类提供最有价值的贡献，就以谁的名字命名这座城市。当时，智慧女神雅典娜（Athena）栽下了一棵橄榄树，寓意给城市带来和平与繁荣，海神波塞冬（Poseidon）以自己的三叉戟刺破岩石带来喷涌的海水，寓意给城市带来强大与霸权。有趣的是，众神裁决雅典娜获胜，因为她带来的东西可以更好地服务雅典人民。传说尽管虚构，但成为雅典命名的重要依据，而故事中推崇和平而不是武力的观念，对已经具备"核武三叉戟""生化三叉戟""数字三叉戟"的人类来说，愈加充满深意。科学史家乔治·萨顿说："如果不经过人性的改正和平衡，技术激进主义将埋葬文明，并使文明反过来反对自己。"或许，技术激进主义是战神阿瑞斯（Ares）最喜欢的。

在奥林匹克运动会起源地奥林匹亚古城参观时，在访问奥林匹克学院时，神话与现实交织在一起的感觉异常浓郁。据介绍，之所以要组织这个运动会，是为了众神之王宙斯。在这里，可以看到宙斯神庙的遗迹，尽管神庙已经坍塌，但恢宏的地基和巨大的石柱依然存在，还有保存较好的赫拉神庙，都显示了这座城市、这个运动会与神灵的密切关系。而传说中关于举办奥林匹克运动会的理念很清楚：鼓励所有参与者以有序竞争求彼此友好。还有规定，在运动会期间必须停止战争，即"神圣休战"。或许正是这一理念的先进性与深刻性，使得顾拜旦创立了现代奥林匹克运动会，使得"远古神灵的运动会"成为当今人类最重要的国际交流活动之一，并以"促进人类和平"为根本宗旨。2021 年东京奥运会期间，在疫情蔓延日益撕裂的世界里，国际奥委会开会正式决定将保持了百年的奥林匹克格言"更快、更高、更强（Faster，Higher，Stronger）"加上了"更团结（Together）"，此中寓意深刻，也深得奥运会初心。

最令人有时光穿越感的是站在古奥林匹克运动场的跑道上，整个运动场呈长方形，跑道长约 200 米，起跑线和终点线都用小石头标记出来，整座体育场可以容纳数万名观众。当天，湛蓝的天与雪白的云构成巨幅油画的背景，站在这个号称"人类第一起跑线"前，遥想公元前 776 年的第一次古奥林匹克运动会，我也不由得在这条跑道上跑了起来。就在这里，古奥林匹克运动会举办了 1000 多年，直到公元393 年被当时的罗马皇帝废除。

希腊诸神不仅存在于古代的希腊，更活跃在希腊化的世界，活跃在当代的人类文化中，成为西方文明中共同的基因，数千年来广泛而大量地存在于文学、艺术、学术、建筑乃至商业中，看到雅典娜胜利女神庙（Temple of Athena Nike），就知道了美国品牌耐克的命名之源，看到众神的信使、旅行的守护神赫尔墨斯（Hermes），不由得感慨法国品牌爱马仕的名字起得好。在参观古希腊美学展中，看到爱与美的女神阿芙洛狄忒（Aphrodite），看到从新石器时代开始的古希腊珠宝设计、日常服饰、女性发型及对美的理解，当时最突出的直觉是展览中的任何一件展品摆在当今巴黎、纽约、米兰的时尚展中都是佳作。当然，还有英文中的博物馆（museum）一词，就来自希腊语中主司科学与艺术的女神缪斯（Muse），在崇拜缪斯的空间里汇集科学与艺术。

希腊人用神话编织了民族的传统之网、意义之网，以最大的热情、用最大的创造来保护自己民族的神话，使之成为现实的依据与生活的色彩。神话成为希腊宝贵的历史遗产与民族记忆，也给整个国家平添了许多魅力。从文学上看，创作于公元前9世纪至公元前8世纪的《荷马史诗》，不但记述了特洛伊战争，还讲述了战争后离奇的海上冒险故事，充斥着各种神灵，瑰丽神奇，成为希腊文学、西方文学中的奇品，其价值相当于帕特农神庙之于希腊艺术。

其实，在希腊，大量的自然美景正是由于有了美丽的传说而更具神秘的吸引力。如同雄浑的迈锡尼古城遗迹，由于有了神话人物阿伽门农的英雄业绩与悲剧人生，让访问者格外唏嘘，站在恢宏的狮门前和阿伽门农遇害的宫殿遗址内，凭吊许久不愿离开；如同美丽的圣托里尼岛，在蓝白相间的色彩里，在夕阳落入爱琴海的瞬间里，在亚特兰蒂斯文明消失的传说里，悄悄地，溜进了世界的心里。

三

哲学展现了古希腊无与伦比的洞察力，神话展现了古希腊无与伦比的想象力，前者是理性的，后者是感性的，如此交织在一起，创造了古希腊璀璨的文明，也滋养了今天希腊人自信而包容的文明观。

在2019年5月召开的亚洲文明对话大会上，希腊总统帕夫洛普洛斯谈道，"希腊文明是欧洲乃至整个西方文明的摇篮。我们将经验转化成知识，将知识转化为科学。但我们并没有优越感。我们深知各文明都是平等的，都是独一无二的，每个文明都有自己的特征"，"多样性是文明的基本特征。当前，国际上有些人鼓噪所谓'文明冲突论'，这是十分错误的。事实上，真正的文明之间不应也不会发生冲突对抗。不同文明之间存在差异，应相互尊重，通过对话交流，相互借鉴，取长补短，这才是世界持久和平和人类和谐共处之道"。

在日趋保守的西方政治环境中，希腊的国家元首能够如此旗帜鲜明地强调人类文明的多样性与平等性，令人称赞，而仔细想想，或许也正是因为希腊在西方文明史、人类文明史上特殊的地位，如此说极有底气，也是恰如其分。

对希腊总统的这次演讲，在拜访中国驻希腊大使章启月时，也听到了同样的称赞。章大使还特别补充了一个细节，当时这位总统是脱稿演讲的。谈话中，大使提出期待，希望加强中希青年间的人文交流，以此推动东西方文明交流。大使还特别建议，清华大学能够开设更多有吸引力的硕士研究生项目，吸引更多希腊青年到中国深造。临别前，我拿出自己刚刚出版的《文创理念与当代中国文化传播》一书送给大使，大使仔细询问了书的内容，表示以新理念让更多中国文化形式走出国门很必要，希腊人也是喜爱中国文化的。

此行中见到一些希腊人，不论是司机、服务员还是学者，总体感觉都很温和、友善。有一位希腊学者对中国文化特别感兴趣，居然到过中国50多次，其中5次到西藏，6次到新疆，还出版了摄影集反映中国的风景与人文。他说自己从15岁起就阅读中国的书籍，不但读孔子、老子，也读当代作家的著作。在他看来，决定中国在未来全球领导力的有两个重要支撑：一是海上丝路，在全球海港建设中国的货运码头，形成交通网络；二是 5G 技术，在全球推广中国的先进通信技术，形成信息网络。当然，他也特别谈到了中国当代发展付出的成本以及挑战，比如环境保护的问题与文化发展的问题。

这位希腊学者还特别谈到了起源于希腊的马拉松，在他看来，马拉松不仅是运动项目，更是爱国主义的体现，遗憾的是，现在很多人忘记了后者。公元前 490 年，雅典人在马拉松战役中战胜入侵者波斯人，为了报送胜利讯息，当时的送信者从马拉松到雅典一口气跑了40 多公里，报信后身亡。在聊天中，希腊学者建议中国要特别重视自己民族的历史文化保护与发展，因为中国与希腊有着一样丰厚的历史文化，可以共同为当今世界提供文化营养。与这位希腊学者的谈话，坦诚而愉快，启发良多。谈话结束时，我不禁感慨道："今天真是领略了希腊人的思考力，很有收获。"他也表示，很喜欢与中国学者交流。其实，不同民族间的人文交流可能就是这样潜移默化，自然而然，日积月累，水到渠成。

记得此行希腊期间有一天夜宿在那普良，这是伯罗奔尼撒半岛上的港口小城，也短暂地充当过 19 世纪 30 年代希腊独立后的第一个首都，被称为"东罗马帝国的那不勒斯"。虽说是小城，但历史底蕴深厚，据当地人介绍说，那普良是海神波塞冬的儿子。

这座城市里有许多威尼斯人、土耳其人留下的城堡等历史遗迹，东西方文明交汇的痕迹明显。在深夜里，静听远眺，想古人与今人、东方与西方，愈发体会到希腊对人类文明贡献的独特性，把埃及古文明吸收进来，把欧洲文明与小亚细亚文明联结起来，创造出影响深远的古希腊文明和希腊化世界，夜里，久久不能入睡，不禁感慨：爱琴海涛声阵阵，那普良星光点点。东西方文明灿烂，新世界何时携手？

奥林匹克圣火采集点

等待圣托里尼夕阳的人们

　　古希腊哲学家伊壁鸠鲁追求自然与快乐，在给历史学家希罗多德的信中提出："一切蕴含着冲突或者烦恼的东西都是与不朽和幸福的本性不相容的……烦恼不是来自理性的判断，而是出于非理性的过分偏执。"不得不说，古希腊先哲对人生与世界有着透彻把握，对当代人类来说，认识自然的规律，了解幸福的本性，才能使内心自信而自足，性格平和而热情，才能洋溢着"柔软的坚定"，享受着"多样的和谐"。

希伯来语的重生

在以色列访问期间，当地人见面第一句话多会用希伯来语"shalom"问候"你好"，据说，这个词的本义是"和平"。想到犹太人2000年的民族流散史和"二战"期间遭受的种族大屠杀，每次听到这个问候语都会有隐隐的不忍感。

一

自从公元70年罗马帝国征服耶路撒冷后，犹太人丧失了自己的家园，流散世界各地，之后总是处在被排挤、歧视乃至灭族的境地中，这种悲剧在"二战"中达到顶峰。一个民族在全球范围内长时间遭受如此灭绝性苦难是人类历史上罕见的，更不可思议的是，凭借着对祖先记载的信仰，在几乎幻想的起点上，一个古老的民族、崭新的国家重回地中海东岸的"应许之地"迦南（Canaan）。这是文字记载中以色列地最早的名字。

牛津大学历史学者马丁·吉尔伯特在其著作《五千年犹太文明史》中说，"这是一个弱小，但十分坚强的民族的故事，在他们经历的所有流散、迁徙、移居过程中，他们从未丧失民族精神"。1897年，第一届犹太复国主义者代表大会召开，提出要重回故土，恢复古代以色列的辉煌。有参会者说，当大家听到这一召唤时，宛如神迹再现，现场的掌声持续了15分钟之久。犹太诗篇中有言，"犹太人可能生活在许多不同的地方，但只有一个地方才是真正的家"。这个地方就在巴勒斯坦，"一个没有民族的土地，等待着一个没有土地的民族"。在外人看来，这只是一群被逼无奈的犹太理想主义者的精神追求，未料到，从梦想到现实不过50年的时间，1948年，以色列宣布建国，并在经历了数次战争后存活下来并发展起来。

当不同肤色、不同语言、不同文化的犹太人都聚集在巴勒斯坦这同一块土地上时，还只是一个民族的物理上的聚集，更困难的还是心理上的聚集。说着意第绪语、德语、俄语、英语、波兰语等不同语言的犹太人虽然都回到了自己的祖先之地，但却很难找到同一个民族大家庭的感觉。用希伯来语之父本－耶胡达的话说，"土地和语言，没有这两者，犹太人就不成其为一个民族"。这句话后来被包括以色列总理沙龙在内的许多人引用过。

事实上，人类最古老的《圣经》正是用希伯来语书写的，但犹太民族流散之后，古希伯来语仅仅存在于经典书中、拉比口中，与日常生活无关。而犹太复国主义运动兴起后，复活希伯来语成为其中的重要内容。

本－耶胡达在此进程中居功至伟。尽管来自俄罗斯，但早在1880年，他就发表文章提倡把希伯来语作为巴勒斯坦学校的教学用语，而不是当时学校里用的法语或德语。19世纪末定居巴勒斯坦后，他和一批杰出的、具有同样热情的同仁以惊人的速度创造希伯来语文学作品，还特别邀请女性作者创作希伯来语作品，因为女性能够"让已死、遭人遗忘、古老、单调、死板的希伯来语变得富有感情、温柔、灵活、微妙"。他对恢复希伯来语的狂热同样体现在个人生活中，要求自己的孩子只许说希伯来语，以至于因为当时说希伯来语的人太少，孩子只能与家里人说话。

尽管遇到了许多难以想象的困难，但是本－耶胡达坚定、热情、创造性地推进着希伯来语的重生进程。对移民到巴勒斯坦的犹太大众来说，尽管放弃各自五花八门的母语重新说一种新语言是辛苦的事情，但大众逐渐接受了本－耶胡达的观点，"除了汗水和鲜血，一个民族同样需要自己的语言"。希伯来语被视为"民族之珍宝"，犹太的精英与大众共同努力，坚持不懈地推动现代希伯来语的创造与使用，逐渐复活了这门古老的语言。1922年，本－耶胡达在耶路撒冷去世，三万人参加了他的葬礼。由他开创的希伯来语字典编撰工作由他的儿子继续进行，直至1959年这部字典第17卷也是最后一卷问世。1966年，以色列作家沙伊·阿格农获得诺贝尔文学奖，耶路撒冷是其作品中萦绕的灵感，希伯来语是其使用的语言。

二

以色列人的历史感很强，民族的历史重复渗透在日常生活中，希伯来语、每日祷告、各种犹太节日都是历史的符号，像逾越节（Pesach）要庆祝一周，就是为了纪念 3000 多年前摩西带领以色列人走出埃及。通过融入生活的语言与信仰，作为现代民族国家的以色列的历史认同迅速得以建立起来，形成强烈的历史自觉，并转化为文化自觉，进而成为民族内化的文化自信。事实上，让希伯来语重生，无疑是以色列建国七十年来最具历史认同感与现代凝聚力的重要举措。

在以色列旅行期间，我常常会有一种特殊的感觉，即这是一个活在悠远历史中的现代民族。比如公共场所的电梯操作键、酒店里的空调操作键等上面多会标有安息日（Shabbat）的标签。到了这一天，当地人都会严格按照安息日的要求不动电。换言之，平日里乘坐电梯是由乘坐者自行选择楼层按键，到了安息日，会有一部电梯自动地每层都停而不需乘坐者按键。

为什么有这个节日？《圣经·创世纪》里说，"到第七日，神造物的工已经完毕，就在第七日歇了他一切的工，安息了。"对犹太人来说，安息日始于每星期五的晚上日落至每星期六晚上日落结束，在这个特别的日子里，主要的任务是休息、反省、祷告。据说，在这一天严禁做的事情有 39 类之多，不能用电是源于不能点火的要求，到了这一天，不打电话，不开汽车，不做饭，都是基本要求。

在以色列访问期间，有一天在酒店里恰好遇见当地人安息日晚餐的聚会，这是安息日结束后的重要活动，见到了男男女女的盛装出席，见到了以希伯来语进行的虔诚祷告。那种特殊的氛围，具有很强的感染力与凝聚力。正如一位犹太思想家所言，从世界范围内看，"是安息日更多地维系了犹太人，而不是犹太人更多地维系了安息日"。

在公元一世纪耶路撒冷被毁后，犹太人向世界的散布是广泛的，中国也早在北宋年间就有了犹太人。巴黎耶稣会档案中就有早期传教士从中国带回的资料，记载了1163年在开封修建犹太教堂的计划，还有在开封发现的希伯来语手稿。1605年，神父利玛窦在北京写信，提到他见到的一位中国犹太人的情况，"他两个兄弟学习了希伯来语，很明显是犹太人社区的拉比……这个人不知道犹太人这一个词，只把自己叫做以色列人"。1850年，开封犹太人同英国的一个传教组织取得了联系，得到了50多本希伯来语手稿，而这些中国犹太人请传教士们帮助他们重新学会希伯来语好阅读经典著作。

早期的希伯来字母是在公元前10世纪左右从原始的迦南字母中衍生出来的，广泛使用则是在公元800年左右。在以色列国家博物馆，可以看到写于公元前6世纪的一组书信，这些书信写在陶片上，所用的语言是圣经希伯来语。还有出土的大量希伯来语印章，其中有一块与众不同，上边刻着"耶洗别"的名字，据说是以色列王亚哈（Ahab）的妻子。

在以色列，最具代表性、历史性和世界意义的古代文献是死海古卷（The Shrine of the Book）。这也是当地朋友建议我一定要去参观的。二十世纪四五十年代，在死海附近的山洞里发现了900多卷著作，经考证，都作于公元前3世纪到公元1世纪的古希腊罗马时期，多数写在羊皮纸上，少数写在莎草纸上，希伯来语是常用语言，而且大部分是现代希伯来字体。这些古卷内容几乎包括全部的希伯来语圣经，有些文本与1000多年后确定的中世纪手抄本也非常接近。在这些藏品中，《以赛亚古卷》是镇馆之宝，写成于公元前100年左右，也是唯一完整保留的书卷。为了收藏与展示这些宝贵的历史资料，以色列修建了壮观的死海古卷馆，根据其建筑师的理念，"建筑构想是要以圣

上图: 死海古卷馆

下图: 专家在阅读死海古卷

פרופ' סוקניק בוחן את מגילת ההודיות
Prof. Sukenik examines the open Thanksgiving Scroll.

殿式的结构，来描绘一个国家盼望更新自己与过去联系的概念。"事实上，当参观者驻足于这些建筑中，不论从外观还是在馆内，都会有极强的具有历史意蕴的精神体验。

三

在以色列，特拉维夫（Tel Aviv）是"第一座说希伯来语的城市"，这个城市名字中的 Aviv 在希伯来语中是春天的意思。沉浸在这座城市里，你会感觉来到了一个现代化程度很高的欧洲城市，美丽而充满活力。特拉维夫当地官员在给我们介绍时，以"酷的地中海之都"（Mediterranean Capital of Cool）来形容这座城市。这里有上千个酒吧、咖啡馆，每年有 300 多天阳光灿烂的日子，相比之下，旧金山、纽约仅有 100 多天。

走在特拉维夫的街头，到处可见世界级大公司的研发机构。特拉维夫的一个创新机构负责人自豪地说："在我们这里找不到 GDP，只能找到创新（innovation）和知识产权（IP）。"以色列输出技术，获得活力，成为全球高新技术最大出口国之一。在以色列，daring culture 是重要的文化特征，这在中文里很难找到一个词来对应，其核心意思应是敢于挑战权威与困难的文化。有一句话让我印象深刻，"越困难的问题，越难得的机遇"。其实，想想希伯来语这一失传千余年的语言的复活，以色列作为新兴现代民族国家把世界各地的不同语言与文化统一到希伯来语言、犹太文化中，正是这种精神的体现。

在特拉维夫中国文化中心访问时得知，当地人对希伯来语和犹太文化的自豪感很强，政府也鼓励对外传播以色列文化，如果以色列文化机构或艺术团体拿到外国政府的邀请函，就可以补贴国际差旅费用。与此同时，值得称道的是，当地人并不保守，对不同文化的好奇心、开放性也强，比如政府支持中国在当地建立中国文化中心，有许多当地人学习中文，对中医、太极等也充满了兴趣。有趣的是，中国的现代舞演出在当地也很受欢迎。

在特拉维夫遇到的一位亚洲研究学者让我对以色列文化特征有了更具体的印象。这位学者读过《三国演义》，而且还问了我一些关于《三国演义》的问题。他对提问充满了兴趣，即便一起吃饭时也会不停地问各种问题，而且开玩笑说他们最喜欢的是"找到价值一百万的问题"。

在希伯来大学访问更是让我对以色列的创新文化有了深刻体验。这所大学 1918 年创立，爱因斯坦是创立者之一，我去访问时恰逢学校创立 100 周年。陪同者首先带我参观了学校图书馆，一进去就看见杰出校友墙，包括 8 位诺贝尔奖得主、1 位菲尔兹奖得主的大幅头像，展示着这所学校的强大创新力。据介绍，这所大学在以色列排名第一，在全球名列前 100。

在希伯来大学创业中心的交流让我对学校的创新理念有了更多了解。在职业选择多样化、短期化的时代里，培养学生的创新创业能力越来越重要。开设多学科背景的创新创业课程，鼓励学生自己设计、发展和组织课程，都是为了激发学生内在的创新热情。重要的是，形成创新文化和创新意识，简言之，没有差异、没有风险就没有创新（no difference，no risk，no innovation）。

我注意到，在希伯来大学的书店里，多数书籍是希伯来语言的。在希伯来大学鼓励创新的浓郁氛围中，学校明确提出了办学目标之一：保护和研究犹太精神、文化传统。

在以色列访问，会发现传统与现代经常可以"毫不违和"地融合在一起。大学是这样，城市是这样，社区也是这样。耶路撒冷市长说："在耶路撒冷可以看到古代与现代、神圣与世俗、历史遗产与时尚休闲，还有现代科技与生物制药产业。"同样，在我看来，雅法老城就是一个文创城市示范，将历史与当代、创意与艺术、自然与时尚、生活与环境紧密地融合在一起，用当地人的话说，"这里的景色美得令人窒息"。在参观一个基布兹（kibbutz）[1]时，其负责人很自豪地带我们参观他们的草莓园，说这个草莓园技术领先，是以色列规模最大的，草莓是全有机的，销往全球。对于社区里的共产主义生活方式，他也很自豪，不断强调"基布兹很富有，但我们个人没有钱"。他还提供了一个评价基布兹建设质量的标准，即社区里的年轻人长大后是否愿意回到社区里，而在他们这个社区，80%的年轻人在服兵役后都回来了。说话时，那种自豪感、满足感溢于言表。

四

在犹太人大屠杀纪念馆参观时，那种压抑感是从未有过的。当看到犹太人被迫接受丈量鼻子、比对头发颜色来确认种族身份时，当看到一个小姑娘写信说希望很快回家亲吻妈妈1000次但最后被杀害在集中营时，可以更深切地体会到为什么以色列建国不过数十年但却具有强大的凝聚力和创新力。如同以色列铁娘子、前总理果尔达·梅厄

---

[1] 以色列的一种集体社区。

所言:"犹太人拥有一件秘密武器:他们没有地方可去。"

希伯来语的重生不仅是文化多样性意义上的语言的重生,更是历史曲折性意义上的民族的重生。以色列学者丹尼尔·戈迪斯在其著作《以色列:一个民族的重生》中说:"没想到希伯来语会成为几百万人的母语,没想到希伯来语作家能成为举世闻名的小说家和诗人,也没有想到以色列书店会摆满用一个半世纪前几乎无人知晓的语言写成的书。"此次访问以色列中,我在书店里就看到了以色列作家尤瓦尔·赫拉利的希伯来语版本的全球畅销书《今日简史》。

戈迪斯认为,"以色列《独立宣言》中提到希伯来语绝非偶然,这门古老语言的复活象征着传统犹太生活和犹太民族在犹太国的复兴,这种成功在世界上其他地方无法复制"。其实,更准确地说,以色列的奋斗不仅是回归传统的奋斗,也是创造未来的奋斗。在一个日益物质化、原子化、现代化的世界里,利益让人分化,只有信仰才能让人团结。那么,信仰来自于哪里呢?以色列的实践表明,来自于历史,来自于文化,来自于精神,来自于勇敢。

特拉维夫海滩

雅法老城

📙 莱蒙湖的灵晕

瑞士有着无以伦比的秀美山川，这是自然的恩赐，但瑞士的魅力又远远不仅是自然之美，其宁静与活跃、开放与融合、理性与和平，让这个不过 800 多万人口、4 万多平方公里的欧洲小国具有了世界级的影响力和吸引力。1845 年，奥地利政治家梅特涅就认为，"在社会蜕变的过程中，瑞士呈现出最完美的国家形象"。这种"最完美的国家形象"历经 20 世纪的两次世界大战更加具有吸引力，瑞士也逐渐成为开展全球对话的最佳平台、极具活力的创新区域以及人文荟萃的世外桃源。对瑞士的访问，给我留下了美好而丰富的印象。

一

达沃斯在 20 世纪 70 年代以前，只是瑞士境内阿尔卑斯山区的一座普通小镇，但随着 1971 年首届世界经济论坛的举行，如今每年 1 月这里成为世界政商精英聚会的地点，不同国家、政党、种族的不同人物在这里表达不同观点，寻求了解、理解与和解。这里见证了许多历史性事件：1988 年 1 月，希腊、土耳其两国签署了《达沃斯宣言》，开启两国关系新阶段；1992 年 1 月，南非白人总统德克勒克与黑人领袖曼德拉同时参加了达沃斯论坛，几个月后，南非民众投票结束了少数白人的统治。事实上，达沃斯已经成为重要的国际合作发生地。2019 年 1 月，清华大学在达沃斯论坛上联合剑桥大学、麻省理工学院、东京大学等著名高校发起成立"世界大学气候变化联盟"，共商一流大学在应对全球气候变化进程中承担的责任。

瑞士是典型的小国家、大平台、大影响，国际化人才云集，特别是在日内瓦的国际组织近 200 家，国际雇员人数堪比纽约，是国际交流与对话的好地方。此行中见到许多人都会说三四种语言，比如一位瑞士华侨，夫人是马来西亚人，有两个女儿，父亲与女儿说中文，母亲与女儿说英文，两女儿间说法文，小女儿还学习了意大利文。想想这个家里的日常交流场景都会很有趣。

毫无疑问，瑞士的发展得益于两个世纪来中立的国际定位，更得益于其追求国际关系中和睦相处、理性对话、独立自主的原则。1950 年，当中华人民共和国刚刚成立之际，瑞士就成为首批建交的国家之一，其外交原则可见一斑。1954 年，周恩来总理率团出席日内瓦会议，在瑞士住了三个月，通过瑞士向世界展示了新中国的外交风采。1980 年，瑞士制造商迅达集团成为 1978 年中国改革开放以来首家在华投资设厂的合资企业。2013 年，瑞士又成为首个与中国签署并实施自由贸易协定的欧洲大陆国家。在纷争的国际环境中，瑞士堪称"小国家有大定力"。

瑞士的高等教育水平高，在全球大学榜单中，苏黎世联邦理工学院位居前十，洛桑联邦理工学院位居前二十。这一高等教育的卓越水平与这个国家的极小规模相比，更显得来之不易。因为有着优秀的人才资源，微软、西门子、惠普等跨国公司都在瑞士设有重要机构，1956 年 IBM 在苏黎世成立研究中心，吸引了苏黎世联邦理工学院的创始董事和数学家安布罗斯·施派泽参与，1986 年该中心的两位研究人员因发明扫描隧道显微镜获得了诺贝尔物理学奖。谷歌更是把美国以外最大的研究机构设在苏黎世，在此次访问谷歌苏黎世研发机构时，我看到了许多创造性、多样性的创新文化设施与设计，或鼓励交流，或让人放松，或激发创意，不少细节会激发起参观者的兴趣，而陪同参观的中国青年工程师也不时流露出对公司创新氛围的由衷喜爱，说得最多的一句话是"这个地方很好玩"。

瑞士的创新力不仅体现在少数大学里，更规模化地体现在本地企业中。想想瑞士的钟表业、制药业、食品业、酒店业、银行业，想想百达翡丽、罗氏制药、雀巢咖啡、里茨酒店、瑞士银行、罗技鼠标等品牌，就可看到这个国家的活力。据说，牛奶巧克力是瑞士人在 19世纪 70 年代发明的。1819 年，瑞士人弗朗索瓦－路易·卡耶在瑞士西部小镇沃韦创建了瑞士首家机械化巧克力工厂。此次在瑞士期间，适逢这一企业建立 200 年，我访问了这家企业，看到了其历史进程、精细生产以及对品质的极致保障，也看到了其在产品创新、设备创新、模式创新上的成就，整个公司的展示有故事、有细节、有沉浸，凸显了这家巧克力品牌的历史感、专业感和员工热爱感。在参观中，一位讲解的女性员工是华裔，她非常仔细、热情。我们参观完，也到了下班时间，我们一起走出商店，她打开带着的电动滑板车，说了声"再见！祝旅行愉快啊"，便滑行而去，她的身影很快融入了绿色群山掩映下的小镇中。那幅画面很美，至今令人记忆深刻。事实上，整个瑞士巧克力产业的发展成为瑞士国家吸引力的重要源泉，并与旅游业紧密结合传播了瑞士的国家形象。

瑞士迅达集团董事长阿尔弗雷德·辛德勒认为，"企业家精神是瑞士成功的原动力"，"瑞士企业的发展反映了瑞士这个国家的发展路径，即一个国家在国际舞台上的地位不是靠其大小强弱来实现的，而是通过开拓精神、追求卓越和品质的激情"。其实，钟表业或许是最能体现这种创新激情的行业，当全球钟表业出现颓势时，"斯沃琪表"（Swatch）的推出，为传统瑞士钟表业注入了新鲜活力，保持了瑞士在该行业的持续领先。在瑞士，钟表已经不仅是计时用的日用品，更是艺术品、时尚品乃至奢侈品。在瑞士的各家钟表博物馆里，钟表的历史、科技、工艺和设计等都有着细致的展示。有意思的是，此次访问期间看到许多瑞士钟表的代言人都是中国明星，卢塞恩的钟表店更是用中文赫然标出各种品牌名，由此可见中国消费者的影响力异常突出。

瑞士企业的创新与声誉为瑞士赢得了持续的竞争力，除了大型企业，还有大量中小企业，比如一家瑞士公司生产无法复制的墨水，全球大多数央行都用此墨水填写银行票据，麦当劳的厨房设备主要来自瑞士，以及产自瑞士小镇蒙特勒的高品质女性护肤抗衰老产品，等等。根据瑞士洛桑国际管理学院发布的世界竞争力报告，瑞士的人均专利最多，人均诺贝尔奖获得率比任何经合组织成员国都多，企业研发投入比率也非常高。

此行中，不时可以发现瑞士享誉全球的企业品牌，同时也可以发现另一个细节，即瑞士人的国家意识，走在瑞士的街头，随处可见高高悬挂的瑞士国旗。问及原因，或说一个多月后是瑞士国庆，或说瑞士人平常就很爱挂国旗。但随着访问的深入，我发现，更根本的可能是瑞士人的国家意识、身份意识和公民意识很强，是渗浸在骨子里的。在激烈的全球竞争中，瑞士堪称"小国家有大抱负"。

在瑞士境内旅行，稍微留心一些，就会不时走进历史上一个个杰出人物的空间，极具时空穿越感。在伯尔尼，当坐在爱因斯坦故居门口时，看着标志牌上写着"爱因斯坦和家人 1903 年至 1905 年居住在此，在二楼提出了革命性的光量子理论"，思绪会迅速回到百余年前的时空。在莱蒙湖边的西庸城堡里，突然看到墙上两百年前的拜伦签名，清晰而有力，会有种强烈的历史冲击感并不禁驻足停留。事实上，伊拉斯谟、卢梭、列宁等人都在瑞士有过深度的居住。在灿烂的人类群星中，瑞士堪称"小国家有大美丽"。

二

莱蒙湖在瑞士的上千个湖泊中最为著名，因为面积最大，有 580 平方公里，平均水深 150 米，最深处 300 多米；因为景致最好，与阿尔卑斯山相互簇拥，湖光山色，水质优秀；更因为人文积淀最深，许多伟大的作家、艺术家都曾在此集聚。

卓别林是居住在莱蒙湖畔的一位伟大艺术家。1952 年，受到美国麦卡锡主义迫害的卓别林移居到瑞士，在这里度过了生命最后的 25 年。在 1989 年 4 月 16 日卓别林诞辰 100 周年时，当地人在莱蒙湖边修建了一个卓别林小广场，竖起他的雕塑，以示纪念。他的故居，则成为了卓别林博物馆。

走进卓别林故居，可以看到大量卓别林在这里的生活图片、影像资料，内容极其丰富，生动展现了主人的日常场景与艺术成就。卓别林在这里和妻子共同养育了8个孩子，许多图片中显示了卓别林和妻子儿女们在一起的欢乐场景，而影像资料展示了主人在家庭生活中善于制造喜剧气氛的特殊魅力，在后世的参观者看来，整个故居依然充满乐趣与温暖。

卓别林是一名人道主义者，他坚决反对战争和霸权。在1954年接受世界和平理事会授予的荣誉时，他对媒体说："对和平的渴望是普遍的。我不知道怎样解决威胁和平的问题，但我知道：仇恨与怀疑的气氛不能解决这些问题，而投掷氢弹也不能解决这些问题。"（The desire for peace is universal. I do not assume to know the answers to the problems which threaten peace, but this I do know: that nations will never solve them in an atmosphere of hate or suspicion; nor will the threat of dropping hydrogen bombs solve them.）"让我们试着去理解彼此的问题，因为在现代战争中没有赢家。"（Let us try to understand each other's problems, for in modern warfare there is no victory.）

卓别林的主张与帝国主义的战争思想与霸权主义是不符的，因此不得不离开美国，但在瑞士却找到了最适合的生存空间：从和平主义的人文空间到湖光山色的自然空间。站在卓别林的书房和起居室向外望去，可以看到大片的绿色草坪和湛蓝的莱蒙湖水，再往远处还有巍峨洁白的阿尔卑斯雪山。如此美景，难怪卓别林经常坐在走廊里欣赏日落，用他自己的话说："什么也不想，只是享受这壮丽的美景。"

（Think of nothing but enjoy their magnificent serenity.）

在卓别林故居里有一面照片墙，上面是与卓别林有过交往的世界著名人物。在其中，我一眼就看到了中国人非常熟悉的敬爱的周恩来总理的照片，看到的瞬间感觉特别亲切，其他熟悉的人物还有爱因斯坦、甘地等人。有趣的是，卓别林与爱因斯坦有着很深的交往，早在1926年爱因斯坦访问美国时就专门去拜访卓别林，1931年爱因斯坦夫妇还受邀参加了在洛杉矶举行的电影《城市之光》的首映式，在卓别林故居里竟然有一间屋子专门拿出来作为爱因斯坦的展览，两人的关系之深由此可见。我想，这与两人都是提倡和平的人道主义者、有着共同价值观密切相关。

瑞士对爱因斯坦来说也是具有重要意义的地方。爱因斯坦在瑞士完成了高中教育，在苏黎世理工学院完成了大学教育。之后，更重要的是，在1905年3月到9月期间，作为瑞士专利局雇员的爱因斯坦发表了五篇重要的论文，涉及物理学的三个领域，其中包括著名的相对论理论，还有1921年获得诺贝尔物理学奖的光电效应（The Photoelectric Effect）。爱因斯坦的学术成果让他迅速成为科学界的明星，1909年他受聘到苏黎世大学工作，直到1913年离开瑞士去德国。

爱因斯坦在瑞士的足迹被细致地保留了下来，不但伯尔尼的故居得到了很好的保护，而且还有一座宏伟的爱因斯坦博物馆，以非常详细的历史资料、生动创意的表达方式，展示了爱因斯坦光辉的一生，特别是他在瑞士期间的学习、生活、工作，具有很强的感染力，也让参观者对瑞士之于这位科学伟人的特殊意义有了全新的认识。

在莱蒙湖边，我与一位在这里居住了30年的中国艺术家会面，有了一次深入的谈话。那是一个阳光灿烂的午后，天空湛蓝，湖水湛

卓别林故居内照片墙

瑞士爱因斯坦博物馆大厅

莱蒙湖一景

蓝,坐在湖边,感觉整个人都被湛蓝色包裹住了。这位艺术家感慨地介绍说,卢梭、拜伦、雪莱、巴尔扎克等都曾在莱蒙湖周边居住写作,还有许多艺术家都很喜欢这里。谈话中,他不经意地提到了一位我未曾想到的艺术家——奥黛丽·赫本,说她在附近居住了30年,并讲了她与邻居相处的一些小故事,谦和、朴素而友善,很受大家喜欢。当得知她的墓地就在附近时,我特别提出要去拜谒。

看到赫本的墓地时,会觉它很不起眼,伫立在当地村庄的一片集体墓地里,如果不是有人来引领介绍,很难被发现。墓碑呈十字架形,上面刻着名字和生卒年:AUDREY HEPBURN 1929—1993。环绕墓地栽种着紫红色的天竺葵,墓碑前有两盆清新的薰衣草和小雏菊,有来访的人还在旁边摆放了一瓶新鲜剪下的红色玫瑰花,这些花朵与雪白的墓石和满眼的绿植一起,在午后的阳光照耀下显得特别明亮、干净。墓碑前还有一个小小的低头祈祷的白色天使雕像,让人不禁想起赫本儿子所写的《天使在人间》一书。

赫本1954年凭借在影片《罗马假日》中首次出演女主角,获得奥斯卡最佳女主角奖,一举成名。在影片中,赫本将公主的优雅与少女的活泼融为一体;在现实中,她的容颜、气质与品德更是感染了世人,晚年出任联合国儿童基金会亲善大使,足迹遍及亚非拉贫困地区。在人生的后半段,远离电影名利场的赫本于1963年到1993年在莱蒙湖边居住了30年,直到离开人间。

赫本是美丽的化身,在 VOGUE、Elle 等媒体评选的"世界时尚女性""世界最美丽女性"中都名列第一名。她最喜欢的一首诗是《永葆美丽的秘诀》,人生的最后一个圣诞节,她依然给家人读了这首诗:

魅力的双唇，源于说出友善的话语；

可爱的双眼，源于看到别人的优点；

苗条的身材，源于分享自己的食物；

美丽的秀发，源于有孩子的手指每天穿过；

优雅的姿态，源于与知识同行而永不孤独。

（For attractive lips, speak words of kindness.

For lovely eyes, seek out the good in people.

For a slim figure, share your food with the hungry.

For beautiful hair, let a child run his fingers through it once a day.

For pose, walk with the knowledge that you will never walk alone.）

  站在赫本的墓地前，一道前去的中国艺术家说起赫本葬礼当天的场景，原本他以为天气不好且村子偏僻会很冷清，未承想现场来了许多人，他手指着墓园外的山坡和道路回忆起来，"当天这些路上都满是人"。听着细细的介绍，在夕阳下遥想当年场景，令人唏嘘。赫本常说，人有两只手，一只帮助自己，一只帮助他人。而她自己始终在热情地帮助他人。她也坚信，一个女人的美丽随着岁月而增长。（The beauty of a woman grows with the passing years.）事实的确如此，在赫本离世多年后，联合国儿童基金会在纽约总部前竖立起了赫本的青铜雕像并命名为"奥黛丽精神"（The Spirit of Audrey）。显然，在世界范围内，奥黛丽的美丽长在，精神长在。

  本雅明曾说机械复制时代凋萎的东西是艺术作品的灵晕（aura），换言之，可能正是这种灵晕形成的特殊氛围，才能吸引真正的艺术家聚集起来，沉浸其间，沉思忘返，而卓别林、赫本更是在这里走完了自己人生丰厚而沉静的后半程岁月。如同群星，远离人群，依然耀眼。莱蒙湖能够聚集如此多的艺术家在此，我想，一定是有其特殊的灵晕的。

三

在拜访中国驻瑞士大使馆时，耿文兵大使告诉我，瑞士是最早承认新中国的西方国家之一，自1950年建交以来，两国关系中创造了许多个"第一"，中瑞关系一直是不同社会制度、不同发展阶段、不同体量大小国家间友好合作的典范。结合自己的工作体会，他特别谈到，现在国际舞台上缺中国人才，希望国内大学能够更多关注国际化人才培养，对于清华大学提出的培养全球胜任力人才的目标给予了充分肯定，并一再强调要相信中国青年人的自信与能力。

为了增强瑞士各界对中国的了解，耿大使花了大量时间与瑞士媒体沟通、接受采访、发表文章，与当地媒体负责人举行见面会。对此，作为新闻传播专业的学者，我表达了特别的认同和称赞。在当下中国的国际交往中，一定要边做边说，会做会说，"做得好"也要"说得好"才是"真的好"。

在大使馆访问中，我收到了两本书作为礼物——在华留学或工作过的瑞士人讲述自己中国故事的文集《我们记忆中的中国》（第一辑、第二辑）。据该书的总策划、使馆教育参赞席茹介绍，从1963年开始，第一批接受中国政府奖学金的瑞士学生赴华留学，中瑞之间的教育交流一直保持着稳定的发展。

这两本书成为我在瑞士访问期间最好的旅行读物，每天夜里，一篇篇读过来，对瑞士、瑞士人、瑞士与中国的关系有了更多亲近的认识。

第一位来中国求学的瑞士留学生毕来德于 1963 年至 1966 年在北京学习，在文章中，他回忆了北京"那时的天空十分清净明朗，尤其是冬季，由于空气干燥而产生的那种蓝色令人难以忘怀"。回国后他在日内瓦大学创建了汉学系，现在是日内瓦大学荣誉教授。读他的这段文字，他关于"北京蓝"的记忆就如同莱蒙湖的蓝色给我产生的印象一样，立刻引起共鸣。

20 世纪 70 年代在中国留学的胜雅律对中国传统兵法很感兴趣，1988 年出版了西方第一本有关"三十六计"的书，2011 年出版了第一本由瑞士人翻译的德文版《孙子兵法》。有趣的是，在其 2008 年出版的谋略专著中，他专门介绍了中国的"两个一百年目标"。他很自豪地说，"我提出的'两个一百年目标'比中国早四年。关于第二个长期的到 2049 年的'一百年目标'，我已经于 1985 年在《新苏黎世报》上发表了一篇文章"。回顾自己在北京两年的学习，他用地道的中文说："回味无穷"，"乘兴而去，尽兴而归"。

80 年代在中国留学的芦琪最喜欢在傍晚时分爬上景山远眺北京的历史古迹，被紫禁城、天坛和颐和园等迷住。有一天，在搭乘公交车时她发现司机是女性，由于之前在瑞士从未看过女性开公交车，很是惊讶："那一天我意识到，新中国的女性仅仅用了 30 年就获得了欧洲女性奋斗了 300 年才取得的社会地位和平等权利！"她现在是"茜茜公主的瑞士之旅"创始人、中瑞妇女论坛创始人，在积极推动中瑞交流。

在这些书中，会发现许许多多细小的故事，在旅行的夜里静静地阅读，会让你忍俊不禁或掩卷长思，其实人与人之间交往确实是国与国之间合作的基础，而且，当作为个体存在的青年人而不是作为组织代表的职务人之间交往时，心态会更加开放，感情会更加真诚，发现会更加有趣。所以说，为了促进世界和平发展，要鼓励不同国家间青年人大范围、深层次地交流，一定可以在青年人心中播撒下和平的种子。

瑞士联邦经济、教育和研究部经济事务秘书贾蓓在为这本书作序时，特别引用了200多年前德国诗人的一句话："旅行之后，必有所述。"在短短的序言中，她说："无论从前还是现在，人们总是不辞辛苦，踏上旅途，去体验不同的文化。譬如两百年以前，瑞士钟表才刚进中国，瑞士表匠也随之而去。"看得出来她对国际旅行与体验不同文化的鼓励，以及对本国钟表文化的自豪感。

瑞士的钟表文化不仅在于其工艺与设计，还在于整个民族文化对守时、准时的坚守。此行中见到的一位嫁给瑞士人的华裔女士告诉我，她的先生很nice，很包容，但有种情况一定会发火：如果说好了出门时间，到时自己还未准备好。

此次访问瑞士期间适逢当地雨季，记得一天晚饭后在阿尔卑斯山区里徒步，突逢暴雨且夹杂着冰雹，瞬间衣服湿透，不得已躲在一家旅店里，这时店员过来问清情况后告知，两分钟后会有一趟公交车过来，可乘车回酒店。我望着窗外倾泻而下的暴雨，说这么恶劣的天气车不会准时来吧，但店员微笑着说会的。果然，两分钟后一辆大公交车缓缓地从雨中驶来，那场景让我突然联想到《千与千寻》中的那辆水中电车。上了车，除了司机，车上居然空无一人。

访问中，还读到一本书《不仅是巧克力：理解瑞士文化》，这本书与中国大使馆编的书类似，用了许多外来者和本地人的视角来看待瑞士，展示了瑞士迷人的、现代的、多面的社会（fascinating, modern and multifaceted society）。的确，瑞士是有着特殊灵晕的国家，让历史与现代和谐相处，让人类与自然和谐相处，让不同文化人群和谐相处。无怪乎，随着在瑞士的居住时间越来越长，卓别林发出了"我们每天越来越喜爱瑞士"（We love Switzerland more and more each day）的由衷感慨。

"遇见"马克思

近年几次到德国访问，商谈清华大学新闻学院与德国高校的国际合作，不时"遇见"马克思，成为有趣的经历，给人有味的反思。

耶拿大学是坐落在德国中部图灵根州的一所历史悠久的大学，创立于 1558 年，其人文研究积淀深厚，是德国古典哲学的中心，黑格尔在此任教多年，在校园里还可看到费尔巴哈等人的雕像，而且著名文学家席勒在此任教十年之久。在访问期间，陪同我参观的朋友专门带我到耶拿大学主楼大厅，指着墙上的一块铭牌让我看，上面写的是：卡尔·马克思于 1841 年 4 月 15 日在耶拿大学获得哲学博士学位。在同一面墙上还有黑格尔、莱布尼茨等人的纪念铭牌。

1836 年 10 月到 1841 年 3 月，马克思在柏林大学学习，在读期间，马克思不但研究法学，还研究哲学。从柏林大学毕业后，马克思把其论文《德谟克利特的自然哲学和伊壁鸠鲁的自然哲学的差别》寄到耶拿大学申请博士学位，得到哲学系主任巴赫曼教授的高度评价，认为这是"完全合格的学位申请者"，"学位论文证明其不仅有才智、洞察力，并且知识广博，因此本人认为申请者完全有资格获得学位"，其他七位哲学系系务委员对此评价表示一致赞同，于是23岁的马克思顺利获得博士学位。博士学位证书为拉丁文本，成绩评价是极为罕见的"特优"。陪同参观的朋友说：马克思是因为仰慕黑格尔，所以到耶拿大学申请博士学位。

我去耶拿大学图书馆查询马克思当年的博士论文。问第一个管理员，说马克思的论文在档案室里，于是被带到一个阴冷的地下室，由另一位管理员帮助查找。第二位管理员说没有论文的手稿原文，只有早期马恩全集出版时的印刷版。对此说法，我有些疑问，于是第三位管理员被找来，她是一位马克思的研究者，终于给了一个明确的说法。

当年马克思论文原稿的确存在耶拿大学图书馆，第二次世界大战末期，耶拿城市被炸，学校图书馆被毁。战后，图书馆工作人员把马克思的手稿挖掘出来并修复好。但是，当时苏联提出要这份论文手稿，由于德国作为战败国很难对苏联说"不"，只得让苏联把手稿拿走了。不过这位管理员很友善，拿出了早年马克思的油画，马克思在波恩大学读书时的名册、选课表进行展示，似乎算作一种补偿。说实话，尽管没有看到马克思博士论文原稿，看到这些实物时，我依然觉得很亲切，很有触动。

交流中得知，耶拿大学专门有一个研究马克思思想史的团队，1964年首次出版了马克思博士论文及其相关档案，之后不断修订，前几年刚刚出版了最新版本。马克思博士论文原本至今难以找到，但马克思授权的一份副本现存于阿姆斯特丹。从我拿到的耶拿大学的介绍手册看，学校至今仍保留着马克思博士论文证书的副本，并且将此作为学校介绍材料中的重要内容。

在柏林访问期间，我专门走访了柏林大学。这所大学被认为是"现代大学的起点"，由德国著名思想家、教育家威廉·冯·洪堡于19世纪初创立。巧合的是，在我访问柏林大学当天的一周后，2017年6月22日，恰好是洪堡诞辰250周年纪念日。洪堡认为，大学应是"知识的总合"，大学以追求真理为最终目的，大学教育旨在完善道德和人格。为此，学校建校时请哲学家费希特担任校长，之后哲学家黑格尔也担任过校长。200多年来，爱因斯坦、普朗克、谢林、叔本华等都曾在此任教，马克思、恩格斯、海涅都曾在此学习，也培养出数十位化学、医学、物理等领域的诺贝尔奖得主。

当我走进学校主楼时，一眼就看到在迎面墙上有一句语录，署名卡尔·马克思，其内容正是那句对中国人来说都很熟悉的、在《关于费尔巴哈的提纲》中的名句："哲学家们只是用不同的方式解释世界，问题在于改变世界。"这句话占据了整面墙，又是上楼必经之处，很是醒目。由此上楼，发现二楼的走廊墙上挂满了从洪堡大学走出来的著名科学家画像，多是诺贝尔奖得主。

在柏林大学读书之前，马克思曾经在波恩大学读书一年。当时，马克思的父亲劝他攻读法律专业，因为父亲和祖父都是著名的犹太律法专家，希望他未来继承家族传统成为一名律师。在波恩大学读书期间，马克思显然没有按照父亲的要求那样仅仅学习法律，而是关心更加广泛的科学与人文，思考更加宏大的社会问题。与此同时，精力充沛的马克思在读期间也是不安分的。在波恩大学访问期间，我就看到了学校展厅里展出的马克思被关禁闭时的签名册，据说是晚上与同学一起酗酒。在学校杰出校友展示中，我看到了18岁时的马克思的图片，有趣的是，从展览中发现尼采也是波恩大学的校友，比马克思晚入学大约30年。

1836年，马克思利用假期回到家乡特里尔与儿时的伙伴燕妮正式订婚。《马克思传》的作者梅林说："马克思的订婚，虽然看起来也是学生时代的一种轻率的举动，实际上却是这位天生的领袖所获得的第一个最辉煌的胜利。"此后，马克思赴柏林大学读书。马克思是感情充沛的，在读书期间，给远在特里尔的燕妮写了大量情诗。这些诗歌表明，马克思的选择显然不是轻率的，而是真挚的、深刻的。其中一首诗写道："燕妮，任它物换星移、天旋地转 / 你永远是我心中的蓝天和太阳 / 任世人怀着敌意对我诽谤中伤 / 燕妮，只要你属于我，我终将使他们成为败将。"

访德期间，我也专门来到了特里尔。这是德国边境的一座小城，与法国卢森堡接壤，也是德国最古老的城市之一，具有2000多年历史。其特点是保留了古罗马时期的一些建筑、城墙、大桥、竞技场等，文化积淀极其深厚。当然，这里还有一个标志性的符号：马克思故乡。

进入特里尔的古罗马城门下的中心广场，远远就看到一幅很大的招贴画，画面上就是中国人都很熟悉的大胡子马克思的形象，上边标注着一行字：卡尔·马克思于1818年5月5日在特里尔出生。城市旅游部门提供的小册子上，特别写明：卡尔·马克思是特里尔最著名的市民。

来到位于布吕肯街10号的马克思故居，惊奇地发现：门口的标志文字除了德文、英文，居然有中文。这是此行看到的唯一有中文标志的地方。进入一楼接待处，看到这里的门票价格：成人票 4 欧元，家庭票 7 欧元，中小学生票 1 欧元。接待处旁边的展示台里摆满了纪念品，包括马克思的著作、头像雕塑、画像、马克杯等。我进去时，恰好看到一对印度夫妇在那里买马克思的头像雕塑。

马克思故居建于 1727 年，是一座巴洛克式住宅，1928 年被德国社会民主党购买，经过精心设计，已经成为一座信息丰富的马克思博物馆，详细介绍了马克思的生平、贡献及其影响。免费提供的导览器中有每个展馆、每幅展板的解说，一路走下来要一个多小时，许多参观者都是拿着导览器静静地听着、看着，很是认真。

除了翔实的展板介绍，展厅里还有许多实物，包括马克思早期的诗作手稿、《资本论》的手稿，还有《共产党宣言》的不同文字的早期版本，中文版有陈望道翻译的版本、成仿吾翻译的版本，后者上面还有周恩来签名，以及"一九四三、十二、二十、延安"的字样。

第一个展厅的墙上印有联邦德国前总理、社会民主党主席维利·勃兰特的一句话："无论我们怎样评价马克思的思想，他的本意是让人摆脱奴役和无尊严的依赖，追求自由与解放。"站在马克思出生的房间，浮想两百年前在这间屋子里诞生的这位伟人，有历史穿越之感，思绪飞扬，浮想联翩。

1835 年 8 月 12 日，在题为"青年在选择职业时的考虑"的中学毕业论文中，马克思写下了自己的志向："如果我们选择了最能为人类而工作的职业，那么，重担就不能把我们压倒，因为这是为大家作出的牺牲；那时我们所享受的就不是可怜的、有限的、自私的乐趣，我们的幸福将属于千百万人，我们的事业将悄然无声地存在下去，但是它会永远发挥作用，而面对我们的骨灰，高尚的人们将洒下热泪。"

由此直到 1883 年 3 月 14 日下午两点三刻去世，近半个世纪中，马克思显然始终是在践行着自己中学时代的考虑。尽管个人生活贫困交加，但却始终关注人类的自由与解放。

最后一个展厅介绍了马克思思想在世界范围内的影响。地上是一幅世界地图，受马克思思想影响的区域以深色标示出来，展板上也有中国共产党延安时期的图片。

在德国不断"遇见"马克思，从博士获得地到大学学习地再到出生地，深切地感受到这位伟人在德国受到的尊重，尊重他的思想与贡献。在马克思故居的留言簿上，每天都有不同文字的留言表达着来自全世界参观者的感受，其中许多感人至深。

离开马克思故居前，我买了 1849 年 5 月 19 日最后一期《新莱茵报》翻印版和 1888 年伦敦出版的英文版《共产党宣言》翻印版作为留念，并在马克思故居的留言簿上写了自己的感受：

Remember Marx,

Reinvent Marx,

Return to Marx。

（记住马克思，发现马克思，回到马克思。）

上图：波恩大学内的马克思海报

下图：特里尔市的马克思海报

📖 乌培河谷的恩格斯

　　乌培塔尔（Wuppertal）是德国西部的一座城市，位于鲁尔工业区内，曾经是 18 世纪德国纺织工业中心。在德文中，乌培（Wupper）是城市所在地的一条河的名字，塔尔（Tal）是河谷的意思。对中国人来说，对这座城市的亲近感源自这座城市 1820 年 11 月诞生的一位伟大人物：恩格斯。1839 年 3 月，18 岁的恩格斯撰写了自己的第一篇政论性文章，题目就是"乌培河谷来信"，刊发在当时的《德意志电讯》杂志上。这篇文章后来也收录在《马克思恩格斯全集》第一卷中。

　　"乌培河谷的工厂工人，普遍处于可怕的贫困境地；梅毒和肺部疾病蔓延到难以置信的地步；光是爱北斐特一个地方，2500 个学龄儿童就有 1200 人不能上学，而是在工厂里长大的——这只是便于厂主雇用童工而不再拿双倍的钱来雇用被童工代替的成年工人。但是大腹便便的厂主们的良心是轻松愉快的……"读着这些文字，可以想见当年乌培河谷的社会场景，更可以清晰地认识到青年恩格斯内心深处对社会公平正义的强烈追求。

当我们从乌培塔尔火车站出来搭上出租车，说要到恩格斯故居时，不待说出具体地址，这位司机就很清楚地点点头说知道，并且很友好地说，中国人来这里都会去参观恩格斯故居的。故居离火车站不远。快到时，司机还主动介绍旁边的悬挂列车给我们看，建议一会儿回火车站时可以乘坐这个车，很方便的。交谈中看得出来，司机对恩格斯有着非常的亲近感。

恩格斯的曾祖父、祖父、父亲都是企业主，家境殷实，在乌培塔尔有多处房产。恩格斯诞辰 150 周年时，当地政府决定将其祖父的小楼，也是恩格斯少年时活动的地方改建为恩格斯博物馆，同时，故居门口的道路被命名为恩格斯大街。在故居门口的纪念石碑上，称赞恩格斯为这座城市的"伟大的儿子"。

紧挨着故居的是早期工业革命历史博物馆，展示了当地在工业化进程中的科学、技术、社会等的变化，这也是恩格斯生活的时代背景。一进恩格斯博物馆入口，就能看到一张大幅的恩格斯坐姿画像，说明文字介绍道：这是 1888 年在伦敦时期的恩格斯。在纪念品专柜中，有恩格斯传记、明信片、冰箱贴等。

在这个博物馆内，有一个区域是专门介绍恩格斯的。墙上悬挂着恩格斯和父母、祖父母、曾祖父等人的标准照，清晰地描绘了他的家庭谱系。我在展柜中看到了不同版本的中文版《共产党宣言》，引人瞩目的有 1920 年由陈望道翻译的版本，以及 2011 年重新影印的版本。"影印说明"中称这本书为"红色中华第一书"，《共产党宣言》的各种早期中文版本均是文献价值和文物价值很高的革命文献，其中尤以陈望道的《共产党宣言》首版中译本最为珍贵，具有特殊的时代价值与纪念意义"。在远隔中国数千公里外的德国小城里，看到这本从一定意义上改变了中国近现代历史进程的书籍，而且就是在本书作者的故居里，有着特殊的穿越感与冲击力。

展柜中还有不同版本的《资本论》，其中最早的是1883年在汉堡出版的德文版《资本论》。这些书的出版也与恩格斯有着密不可分的关系。在马克思去世后，整理和出版《资本论》成为恩格斯的"最紧迫任务"。马克思在世时，《资本论》第1卷德文版出版了两版。马克思去世后，恩格斯在清理马克思遗物时发现了第三版手稿，稿子中有许多改动的地方。为了这个第三版，恩格斯做了大量工作：对理论部分进行了加工，对文法和文体进行了修改，还对照法文版进行订正。值得钦佩的是，恩格斯一方面花了最大气力进行整理修改，另一方面最大限度地遵照马克思的思想，保留手稿的原貌。

恩格斯整理马克思著作，有着不可替代的优势。他无疑是最了解马克思思想的人，也是当时唯一能辨认马克思笔迹的人，更重要的是，他对马克思有着无比的尊敬，把整理出版马克思著作、传播马克思思想作为自己的重要使命。

《资本论》第2卷1885年整理完毕待出版时，恩格斯专门选择在马克思生日当天撰写序言。第3卷的整理工作要复杂得多，花去了恩格斯近10年时间，他是带着极大的责任感来做这项工作的，尽管自己也已经是年逾六十的老人，但他一再表示这项整理出版工作"简直不允许、坚决不允许再有任何中断"。除此之外，他还要负责组织出版《资本论》英译本和再版一些马克思的早期著作，校订他们著作的法文译本、意大利文译本、丹麦文译本等。任务之多之重，使得这位伟大的老人不断感慨："我真不知道哪里去找时间来做其他工作。"

在这个博物馆里，有一处非常生动的乌培河工业化以来水质变迁的展示。站在模拟的桥上，看着脚下由投影演示的河水哗哗流过，不断地显示时间标志，早期的河水是干净的，鸟儿在水上飞翔，但到了18世纪中叶以后，水质迅速变差，而且各种颜色污浊的河水都有，让人看得触目惊心。

恩格斯在《乌培河谷来信》开篇就描写了乌培河的情景，"这条狭窄的河流，时而徐徐向前蠕动，时而泛起它那红色的波浪，急速地奔过烟雾弥漫的工厂建筑和棉纱遍布的漂白工厂。然而它那鲜红的颜色并不是来自某个流血的战场……而只是流自许多使用鲜红色颜料的染坊"。对照文字，看着脚下的演示，会觉得这个展示完全是照着恩格斯的文章来设计的。

在这个展示中，直到20世纪80年代以后，乌培河水质量才重新好转，直到21世纪又恢复早期的清澈，鸟儿也飞了回来。由此可见，200年的工业化进程对当地环境造成了巨大的破坏。这既印证了恩格斯对资本主义发展的批判，也昭示了当代发展中的绿色理念极为重要。

整个展览有许多设计别具创意，还有一处模拟了教堂的场景，在祈祷椅上摆了马克思的著作，而且用巨大字体凸显 KARL MARX 的字样作为标题。场景与著作的强大反差促使观者站在其中，进入不自觉的反思状态，反思人类社会发展的进程，反思马克思主义在当代面临的挑战、机遇和意义。

1895年8月5日，恩格斯去世。一个月后，列宁即写了《弗里德里希·恩格斯》一文，回顾了恩格斯的一生，文章开篇即引用了俄国诗人的诗句："一盏多么明亮的智慧之灯熄灭了，一颗多么伟大的心停止跳动了！"表明，"在他的朋友卡尔·马克思（1883年逝世）之后，恩格斯是整个文明世界中最卓越的学者和现代无产阶级的导师"。文中高度评价了1845年恩格斯出版的《英国工人阶级状况》一书，"从此，到处都有人援引恩格斯的这部著作，认为它是对现代无产阶级状况的最好描述。的确，不论是1845年以前或以后，还没有一本书把工人阶级的穷苦状况描述得这么鲜明，这么真实"。其实，看看《乌培河谷来信》对德国工人阶级情况的生动描述，就能知道为什么恩格斯对英国工人阶级情况有着深刻的认识。

对于恩格斯和马克思的友谊，列宁进行了细致描述与充分肯定，"他们两人始终过着充满紧张工作的共同精神生活"，"如果不是恩格斯牺牲自己而不断给予资助，马克思不但无法写成《资本论》，而且势必会死于贫困"。列宁对恩格斯与马克思友谊有一段经典的评论："古老传说中有各种非常动人的友谊故事。欧洲无产阶级可以说，它的科学是由两位学者和战士创造的，他们的关系超过了古人关于人类友谊的一切最动人的传说。"

在离开博物馆时，门口的管理员告诉我，恩格斯故居正在重新整理，补充展品，进行装修，预计两年后正式开业，欢迎到时再来参观。我一算，恰好是恩格斯诞辰200周年。看来，德国家乡人民对恩格斯这位"伟大的儿子"充满了感情。

▊ 巴黎的革命者

巴黎是一座特殊的城市，自 18 世纪特别是法国大革命以来，这里聚集了许多思想家与艺术家，又聚集了许多革命家。这是一座时尚的城市，也是一座革命的城市。两者的共同点在于总是居于时代思想的引领位置。

在巴黎访问期间的一个黄昏，我和同事们专门凭吊了位于拉雪兹神父公墓中的"巴黎公社战士墙"。1871 年 3 月 18 日，在巴黎爆发工人起义并创立了巴黎公社，尽管这一政权仅仅存在了 72 天，但却成为无产阶级建立自己政权的第一次尝试。这个政权中的公社委员几乎都是工人，通过的决议也都是为了广大穷苦人民的。马克思认为，"公社是想要消灭那种将多数人的劳动变为少数人的财富的阶级所有制"。这个政权在短暂的存续期间，做了许多尝试，比如取消政府的特权，"从公社委员起，自上至下一切公职人员，都只能领取相当于工人工资的报酬"；取消教会的特权，"宣布教会与国家分离，并剥夺一切教会所占有的财产"。但是，这许许多多的尝试都终结于拉雪兹神父公墓中的这堵"巴黎公社战士墙"。

恩格斯在巴黎公社过去20年后的1891年的一段文字中，对巴黎公社全过程特别是最后的时刻有着详细的记述："最后一次大屠杀是在拉雪兹神父公墓里的一堵墙近旁发生的，这堵'公社战士墙'至今还伫立在那里，作为无声的雄辩见证，说明一旦无产阶级敢于起来捍卫自己的权利，统治阶级的疯狂暴戾能达到何种程度。"

那天去凭吊的时候，秋日黄昏的阳光透过树丛斑驳地洒在石块铺就的地面上，公墓里静谧极了，纪念墙极其简单，上面的三行文字标注了那个惊心动魄的历史时刻：1871年5月21—28日牺牲的公社成员。泛着深浅不一绿色、灰色的墙面透出沧桑感，墙面上还隐约可见一个个弹坑，从墙上垂下的几片红叶给整个画面增添了些许亮色。注视着这堵墙，同行人都许久无语，思绪会回到100多年前的那些日子。当时，伦敦一家报纸驻巴黎的记者写道："远处还响着零星的枪声，濒临死亡的可怜的受伤者躺在拉雪兹神父公墓的墓石之间无人照管。"

令人惊讶的是，在纪念墙下面，有两个花篮，花很新鲜，显然是有人刚刚来凭吊时留下的。花篮的绶带上有镰刀斧头形状的共产党党徽，从上面的法文来看，似乎是法国当代的共产主义组织。

就在巴黎公社失败后的两天，即1871年5月30日，马克思向国际工人协会总委员会宣读了自己的文章《法兰西内战》。文章热情讴歌了巴黎公社。"公社简直是奇迹般地改变了巴黎的面貌！""努力劳动、用心思索、战斗不息、流血牺牲的巴黎——它在培育着一个新社会的同时几乎把大门口外的食人者忘得一干二净——正放射着它的历史首创精神的炽烈的光芒！"

巴黎的这种"历史首创精神"的特殊气质吸引了包括马克思在内的众多革命者，还有中国共产党的许多早期革命者。1920年6月8日，周恩来在写给即将赴法的觉悟社社友的自由体长诗《别李愚如并示述弟》中说："到那里，举起工具，出你的劳动汗；造你的成绩灿烂。磨炼你的才干，保你天真烂漫。他日归来，扯开自由旗；唱起独立歌。争女权，求平等，来到社会实验。""三月后，马赛海岸，巴黎郊外，我或者能把你看。"同年12月，周恩来作为华法教育会组织的第十五批赴法勤工俭学生抵达巴黎。

此次在巴黎，我还专门去访问了周恩来当年在巴黎的旧居。旧居位于巴黎十三区戈德弗鲁瓦街17号（17 Rue Godefroy）。墙上镶嵌着一方墨绿色的大理石纪念牌，上面是周恩来的铜质正面浮雕头像，头像下面的"周恩来"三个中文金字是由邓小平题写的，并配有法文说明："周恩来，1898—1976，1922—1924年旅法期间在此建筑内居住"。这块纪念牌是1979年10月法国政府为了纪念周恩来而特别设立的。纪念牌落成时，当时的中国总理和法国总统共同为纪念牌揭幕。法国总统在揭幕式上说："对这位从不希望为自己竖立纪念碑的人，我们希望在他开始自己的战斗生涯和对法国产生友好情谊的地方向他表示我们的敬意。"这段话精辟地描述了国际社会对周恩来的高度评价，表达了法国人民对周恩来的真挚情感。

在巴黎街头，看到这样一处特殊的纪念牌，看到这样一副亲切的面孔，看到这样一个熟悉的名字，那种特殊的自豪感、温暖感难以抑制。同去的同事们与周恩来旧居一一合影留念，那种发自内心的敬仰

上图：巴黎公社墙

下图：巴黎周恩来故居外浮雕

感溢于言表。

周恩来到法国是为了寻找救国方案来的，从其刚到异域时给家人的信中可以看出，"主要意旨，唯在求实学以谋自立，虔心考查以求了解彼邦社会真相暨解决诸道，而思所以应用之于吾民族间者；至若一定主义，固非今日以弟之浅学所敢认定者也"。因而，他对当时流行在欧洲的各种思潮、主义反复研究比较，从现有的资料来看，他当时仔细研读了英文版的《共产党宣言》《社会主义从空想到科学的发展》《法兰西内战》等，还订阅、购买了法国共产党机关报《人道报》、英国共产党机关报《共产党人》等。

在巴黎和欧洲的学习、考察让周恩来的思想认识发展很快。其间，他写了大量国际新闻报道，比如针对英国煤矿工人罢工先后写了 9 篇通讯，指出"资本家无往而不为利"，英国政府则"与资本家一鼻孔出气"。

在 1922 年周恩来致觉悟社社员的信中，他谈到了自己的主义选择已经确定，"觉悟社的信条自然是不够用、欠明了，但老实说来，用一个 Communism，也就够了"。在信中，他结合英国、法国、德国等国的形势，分析了无政府主义（Anarchism）、工团主义（Syndicalism）等的问题所在。周恩来的信仰一经确定就是坚定的，"我从前所谓'谈主义，我便心跳'，那是我方到欧洲后对于一切主义开始推求比较时的心理，而现在我已得有坚决的信心了"，"我认的主义一定是不变了，并且很坚决地要为他宣传奔走"。

根据《周恩来年谱》记载，1923 年夏，周恩来住在戈德弗鲁瓦街 17 号，专门从事党、团工作，经常到勤工俭学生和华工比较集中的巴黎拉丁区和近郊咖啡馆里演说，宣传马克思主义，还筹备建立共产主义研究会。1924 年 2 月 1 日，中共旅欧组织和旅欧共青团合办的机关刊物《赤光》创刊，周恩来在第一期上发表文章说："只有全中国的工人、农民、商人、学生联合起来，实行国民革命"，才能救中国，并预言"国民革命运动亦将兴起了"。之后又陆续发表了《革命救国论》《救国运动与爱国主义》《德国革命运动的过去》等文章。

1924 年 7 月，周恩来离开巴黎回国。旅欧中国共青团执委会对他的评语是："诚恳温和，活动能力富足，说话动听，作文敏捷，对主义有深刻的研究，故能完全无产阶级化。英文较好，法文、德文亦可以读书看报。"

1921 年，周恩来确立了共产主义信仰，参与组建巴黎共产主义小组这一旅欧共产党早期组织，成为中国共产党的八个发起组织之一。回国后，周恩来开始了其伟大革命家的波澜壮阔的一生，从 1927 年起就是中共中央的核心领导成员，1949 年中华人民共和国成立后长期担任党和国家重要领导职务，平时每天工作都在 12 个小时以上，有时在 16 个小时以上，直至 1976 年 1 月 8 日逝世。他以自己的品格、能力与奉献，成为完全无产阶级化的革命者，成为中国人民无比爱戴的好总理，成为世界各国广泛尊敬的杰出政治家。

周恩来 1898 年 3 月 5 日出生，写作此文时，适逢 2018 年 3 月 5 日。以此表达对这位伟大革命者诞辰 120 周年的一份敬意。

🔖 见证

2017年与清华大学文化创意发展研究院同事一行赴巴黎，走访联合国教科文组织、法国国立索邦艺术与创新大学联盟，商讨文创领域的人才培养、联合研究、文化交流等合作事宜。尽管此行在巴黎不过四天的行程，却不期而遇地见证了两个重要事件。

10月12日下午，我们去联合国教科文组织总部拜访执行局主席沃布斯，主要任务是邀请他参加11月中旬在北京举行的清华文创论坛。在去的路上，一位同行的同事突然看着手机惊呼起来："美国退出联合国教科文组织了。"这一惊呼引来大家共同的关注，原来是美国国务院刚刚正式宣布：退出联合国教科文组织。从美国国务院发表的声明看，其主要原因是针对联合国教科文组织的三个问题：不断攀升的欠款、整个组织需要重大改革、持续增长的反以色列倾向。

来到联合国教科文组织总部，很显眼地看到飘扬着的190多个成员国家、地区的旗子。有同事找到了美国国旗，并感慨地说：不久这个旗子就没有了。这一说不要紧，让大家突然意识到，今天真的是一个历史性时刻，于是，纷纷驻足在这片旗海下拍照。

在联合国教科文组织总部外边，可以看到有媒体架着摄像机在采访，进到大楼里边，一样看到采访的媒体。看来今天的确不同寻常。联合国教科文组织总干事博科娃当天就美国宣布退出该组织发表声明，对这一决定表示"深切遗憾"，认为这是多边主义的损失，但她也表示，联合国教科文组织将继续致力于建设一个更加公正、和平、公平的 21 世纪。

"战争起源于人之思想，故务需于人之思想中筑起保卫和平之屏障。"在教科文组织总部大楼前用多种语言镌刻的这句话，是联合国教科文组织宪章的开篇语，也是联合国教科文组织的"灵魂"。在博科娃看来，联合国教科文组织与美国的价值观有许多共同之处，但她对美国退出之举实在无奈。在我看来，解决世界的对抗问题，消除对抗的观念远比制造对抗的武器重要。

我们是在沃布斯的办公室里与他见面的。我是第一次见到他，打眼一看，很清瘦，也很和善。他安排我们一行坐好后说，这几天事情很多，联合国教科文组织还在选举新的总干事呢。看到他这么忙，我们更感谢他能抽出时间来见我们。

他向我们介绍了联合国教科文组织正在开展的全球创意城市评选活动，请他的助手给我们每个人准备了一沓厚厚的文字材料，并欢迎清华大学文化创意发展研究院的参与。我简单介绍了研究院的情况和中国文创产业发展的态势，并正式邀请他来清华大学参加我们的清华文创论坛。沃布斯愉快地接受了邀请并表示将在大会上发表演讲。看得出来，他很认真，还仔细询问了需要他来讲什么内容、多长时间等具体信息。

会谈结束后，我送给他一个清华大学纪念贺卡作为礼物，当他打开后看见立起来一个立体清华大学二校门后，很是惊讶和喜欢。我告诉他，这就是清华大学学生设计的创意产品，他很是称赞，说这样的创意礼品很有趣。沃布斯送我们离开办公室时，说他还要接着去参加总干事选举的投票工作，并感慨地说这几天事情太多了。

在联合国教科文组织总部大楼里，正在进行来自中东地区的文化艺术品展览。我们仔细看了看，不仅有阿拉伯国家、伊斯兰文化的传统艺术品，还有许多创意设计改造过的艺术品，这些文创品既体现了所在国家的文化，又体现了当代人的创意。大家边看边说，现在文创品真的很重要，到处都可以看见。同行的法国同事说，这几天选总干事，阿拉伯国家很积极，卡塔尔、埃及、黎巴嫩、伊拉克等都推出候选人，认为阿拉伯人应该来领导联合国教科文组织了，卡塔尔的候选人风头正盛，在前几轮投票后都是第一名。不过法国也很积极，也在极力争取。

10 月 13 日，联合国教科文组织公布新的总干事投票结果，前法国文化部部长、45 岁的犹太女性 Audrey Azoulay 获胜。她的票数仅比卡塔尔的候选人多 2 票。据法国电视台报道，她的父亲是摩洛哥国王的顾问，母亲是法国作家，法国前总统奥朗德曾经称其为"好女孩"并任命她为自己的文化顾问。不过，舆论也认为，联合国教科文组织正面临历史性挑战，这么年轻的女孩能否有效应对？英国路透社当天的报道称，"在高雅的巴黎塞纳河左岸，联合国教科文组织总部依旧现代化，但也有些褪色，几名外交官正在走廊里来回踱步，他们不知道该组织是否仍有未来"。

10月15日是周日，我们去参加与法国清华大学校友会一起组织的清华文创沙龙活动，从地铁站上来，看到一个售报亭。我一眼就看见在最显眼处摆放的一沓报纸上有中文，很是惊讶，走过去近看，是法国《世界报》，头版头条的标题有六个巨大的黑体汉字"中国，强国崛起"。与我一道的法国同事也惊呼道：这是怎么回事？这是法国第二大报纸啊！法国报纸怎么可能有中文呢？

我们仔细翻看这份报纸。细细看着，轻声议着。原来这份报纸用8个版专门报道了中国的发展情况，涉及政治、经济、社会、文化等诸多方面。报道第一部分就写道："我们已经进入了中国世纪。"文章中提到了美国总统特朗普的外孙女在学习中文，还给访问美国的中国领导人用中文唱歌、背诗，认为这极具象征意义，表明了历史的一种反转现象。当然，更令我感慨的是，10月18日就要召开中国共产党第十九次全国代表大会了，法国这份大报真是很会选时间。

我拍下了报刊亭的照片和报纸的照片准备发微信朋友圈，一打开朋友圈，才发现已经有许多人转发了这个报道的图片，多数人认为代表中国的力量，但也有人提出异议，认为报道中的一些内容是批评性的，比如用了"对外扩张"等字眼。法国同事看了这些议论后说：法国的报纸一贯就是批评性的风格，他们对自己的政府都是批评性的口吻，凭什么让他们对一个外国政府只能赞美呢？

我说："其实这个重磅报道在这个时间出来，本身就代表一种特别的关注，关注就是态度，关注就说明中国的影响力在增加。如果中国是一个小国、一个往下走的国家，怎能想到法国大报会如此报道呢？"

左上图：在巴黎联合国教科文组织总部与执行局主席
沃布斯会谈

右上图：邀请博科娃来清华大学演讲后颁发清华大学文化
创意发展研究院顾问聘书

下图：巴黎街头的报栏

法国同事补充说："是的，法国人对法语的优越感强，维护自己语言的意识很强，这种用外国文字上新闻标题的做法就说明了对中国的重视。"

在返回国内的国航飞机上，我照例拿了《参考消息》《环球时报》看，发现上面都有关于法国这个报道的文章。《参考消息》头版的通栏大标题是"世界热议中国进入'十九大时间'"，在版面右侧以黑底白字写出大标题"法主流大报聚集'中国强国崛起'"。《环球时报》的报道题目是"法媒罕见8个版报道中国"，肩题是"正视中国已经崛起行文仍存西式偏见"。两篇报道都不约而同地配发了10月15日法国《世界报》头版。从新闻学上看，这充分说明版面的语言功能，版式也可成为新闻。

2018年2月27日下午，博科娃应邀到清华大学文化创意发展研究院发表演讲，题目为"文化与文化遗产——可持续发展的桥梁"。演讲开篇，博科娃即谈到对大学与清华大学的认识，"全世界有很多优秀的大学，这些大学将尖端的研究与卓越的教学结合起来，在最高层次上为学科做出贡献，在社会、文化、智力和经济生活中进行深入研究。自1911年创立以来，清华大学一直致力于为中国社会的福祉、为全球的发展而努力。'自强不息，厚德载物'的清华校训反映了我所认为的一切高等学府的道德使命——不是深锁在'象牙塔'中，而是积极地参与世界事务，为所有人创造更美好的未来"。

作为全球最大文化合作国际组织的掌门人，博科娃的这次演讲的内容极其丰富而深刻，值得反复体会。

她盛赞了丝绸之路的文化意义。"从西安到威尼斯，穿过撒马尔罕、巴尔克和巴格达，在这条丝绸之路上能找到数百个世界遗产地的回声。丝绸之路讲述的是一个由相互学习驱动人类进步的故事，这提醒我们，没有一种文化曾经在孤立中蓬勃发展。文明是相互影响、相互充实的。文明因为更加包容而愈发强大。"

她阐释了非物质文化遗产的当代意义。"非物质文化遗产是人类文明最宝贵的表达。它如同我们呼吸的空气一样无形，又像音乐一样明亮而灵活，也像某个舞蹈瞬间一般神秘。从没有比这更强大的力量使我们相聚。非物质文化遗产是人类意义和归属感的源泉，是我们祖先的颂词，也是为未来一代传递梦想的途径。""非物质文化遗产是和平的力量、团结人民的力量、深化相互理解的力量。""非物质文化遗产是我们通过创新与创意实现包容性可持续发展的重要一环，也是去直接体验其他'活态遗产'的机会，从而感知人类无限的多样性、生命力和创造力。"

她热情地呼吁全球联合起来发展人类文化。"只要联合起来，我们可以共同培育广阔的森林，谱写全新的交响乐，培养出更大的人类才能和创造力，以促进更多的对话、包容与和平。这是机会，也是职责。这是殊荣，也是义务。这是保护和弘扬文化遗产的义务，事关文化如何融入发展与和平的战略，也事关创新力和创造力的推动。我们的政府、学术界和民间团体都需要参与进来。"

演讲结束后，我代表清华大学文化创意发展研究院表示了感谢，并给博科娃颁发了研究院顾问的聘书。我认为，这也是一次极有意义的见证，见证了一次重要的演讲，见证了以人文交流推动人类和平发展的思想力量与不懈努力。

意大利的美食学问

　　到意大利访问，知道意大利美食是世界闻名的，但不知道意大利居然还有一个美食科学大学专门研究美食科学与培养美食文化人才。得知这所学校的情况后，我带着浓浓的好奇心前往访问。

　　朋友开车带我从米兰出发，大约两个多小时，最后来到一个小镇，导航系统定位显示，就是这里了。不过，在小镇上转来转去，始终没有找到一个气派的大学校门。而且，路上也没有行人，想找个人问路都没有。好不容易看到了一个教堂，我们商量，下来问问吧。下车后，看到教堂对面有一片红砖城堡，在秋日早晨阳光的照耀下，宁静而古朴。我走过去一看，很高兴地看到了大学的标志: The University of Gastronomic Sciences。更奇特的是，还看到了联合国教科文组织的标志，仔细一看，才知道这片建筑物原来是一座古城堡，1997年起被列入世界文化遗产，让人不禁肃然起敬。

在参观的过程中，接待我们的一位年轻人也来了。他告诉我们，学校建于 2004 年，是很新的大学，但这片校舍已经有数百年历史了，是很古老的建筑。这种极新与极旧的交织成为我观察这所大学的第一印象，也更让我产生了浓浓的兴趣。

年轻人看我对此很有兴趣，就带着我仔细参观起来。走进大学校门，映入眼帘的是一个欧洲大学内典型的方形广场，墙面与地面的历史感很强，裁剪整齐的绿色草坪在蓝天白云的背景下显得尤为静谧。我不禁感慨道："你们这个校园很漂亮啊，而且真是很安静！"年轻人附和地点点头，不过又说："就是太安静了，整个小镇都很安静，晚上我就到另外一个镇上去住了，那里热闹点。"我说："作为大学还是安静点好，可以好好学习与研究。"

见到美食科学大学的校长，他非常热情，人是那种很 nice 的模样，一见面就不会有距离感，说起话来表情丰富。在谈话中，我仔细询问了大学的办学宗旨与教学内容。这所大学是由意大利的慢食运动（Slow Food）组织发起建立并得到政府认定的私立教育机构，旨在开展食物领域的国际教学与研究，聚焦在耕作方式更新、保护生物多样性、建立美食与农业科学间的有机联系。大学希望培养具有科技、文化、经济、生态等多学科背景的美食家与美食专家，推动人类食物生产、分配、消费的可持续发展。

校长很自豪地告诉我，美食的学问不仅关乎口味和营养，还关乎传播、关乎文化，乃至关乎政治，有许多的学问在里边。我有些诧异，觉得似乎有些夸大，但仔细想想，的确如此啊！比如《舌尖上的中国》纪录片就很好地传播了中国的文化形象。

我问校长在学校里有多少中国学生，校长回答说他们的学生来自

80 多个国家，有中国学生但人数不多，不过学校每年会组织学生到中国访问，学习与体验中国的美食文化。他还特别强调，他们的教育理念是让学生从全球视野来看待不同民族的美食及其文化。我表达了对通过美食增进不同民族文化交流与推动文化多样性的看法，得到了校长的高度认同，认为这与他们办学的理念高度契合，并表示今后期待更多地与中国、与清华大学开展合作。

我仔细研究了一下他们开设的教育项目，非常有趣，比如一个关于美食文化与传播的硕士项目（Master in Food Culture & Communications），课程包括 5 个板块：传播（Communication）、管理与市场营销（Management & Marketing）、可持续（Sustainability）、高质量（High-Quality）、品尝（Tasting），其中除了一些公共课程外，与美食领域相关的特别课程很多。传播板块的课程有美食写作工作坊、红酒新闻学、美食新闻学、美食文化与社会的传播技巧、美食跨文化传播等，可持续板块的课程有美食地理学、可持续设计等，高质量板块的课程有认知、技能与环境美学、民族植物学、高质量美食创造与发展等。当然，最诱人的是品尝板块，要学会品尝腌肉、奶酪、橄榄油、红酒、国际啤酒、面包与比萨等。

除了这些课程以外，学生们还有三次为期一周的学习旅行（study trip），可以到世界各地去考察，其目的是让学生通过切身体会（hands-on experience），从环境、经济与社会等维度了解各种食物的生产，从口味、营养、成分、社会文化等方面全方位地掌握美食的内涵与特征。据介绍，这些年来，学生们去过 50 多个国家旅行，这些旅行的学术和后勤都是由学校安排的，而且他们的导师（staff tutor）会全程陪同学生们的旅行。从学校的课程设计、组织来看，真的是对美食的学科体系和人才培养下了大气力。

与校长谈完，我送了他一个有清华大学二校门的立体贺卡，他摘下眼镜，仔细打量，赞不绝口，说是很好的创意。在校长的建议下，我参观了学校的图书馆。这个图书馆尽管不大，但因为在一个有着数百年历史的古老建筑里，特别有书卷气，更重要的是，在图书馆里见到的全是与食物有关的书籍，而且多是图文并茂的，很有冲击力。在参观时，可见到一些写在墙上的美食理念。比如："选择好的，正确地吃"（Choose Well, Eat Right）。我特别找了一本介绍中国食物的书翻了翻，很厚重，而且书中图片也很漂亮，让我对许多"日吃而不知"的中国美食平添了几分钦佩之感！

参观中的重头戏是学校的红酒银行（the Wine Bank）。来到这里，发现大厅是一个展厅，有着各式各样的红酒和介绍，可以购买与品尝。一幅有趣的红酒价格图示让人忍俊不禁，一杯8欧，2杯12欧，3杯15欧，4杯18欧，5杯20欧，在下面有一个箭头直指闪着警报灯的救护车，意为多喝酒的后果。

穿过大厅，就进入一个巨大的酒窖，里边存放着数千瓶红酒。酒窖正中央有一幅巨大的意大利地图，站在这幅"高跟靴"地图前，陪同的年轻人给我讲解图上标示着意大利不同地区的红酒的名称和特点，尽管我多数听不懂也记不住，但还是对意大利红酒有了更多好感。年轻人看我很是赞许，热情地告诉我，校长特别指示他送我一瓶红酒，在这个酒窖里可以随便挑。当时听到此话，我不禁暗自苦笑，后悔自己对红酒实在不懂，来之前也没有做什么功课，只能是随意拿了一瓶以示感谢。

不过，从介绍中，我大致明白了这所学校也有专门的红酒硕士项目，希望培养红酒专家，从酿酒、农业、历史、文化、环境等多维度了解红酒的内涵与市场。这些学生需要掌握葡萄的栽培技术、红酒的生产流程、红酒的历史故事，甚至还要知晓相关的人类学和美学知识。听起来，很是复杂甚至玄妙！不过想想，如果与这样的红酒专家一起品尝红酒，会是一种别样的感受。

中午在学校食堂，学校国际合作部门负责人请我吃饭。来到食堂门口，看到墙上挂了数十位厨师照片，每一位都特别资深，让我大开眼界。陪同人告诉我，这里的厨师来自世界各国，许多位是米其林星级厨师，并且给我介绍了几位，让我不得不赞叹与艳羡："你们在这样的学校工作太幸福了！"果然，午餐也与其他国外大学的食堂不一样，居然有头菜、主菜、甜点等流程，还有红酒。一边吃，一边聊，我不得不感慨他们的特殊环境令人羡慕。

吃饭期间，一位老先生进来打招呼，寒暄了几句，得知他就是慢食运动的发起人之一。这个运动起源于20世纪80年代，当时由米兰、罗马等地的知识分子发起，1989年12月9日在巴黎举行了为期3天的国际慢食大会，来自20个国家的代表签署《慢食宣言》，成立了国际慢食协会。自此之后，这个协会积极推广美食教育，发起成立意大利美食科学大学，提倡保护生物多样性，让人人享有"优质、洁净、公平"（Good, Clean, Fair）的食物。2008年，英国《卫报》评选该运动的发起人卡洛·佩特里尼（Carlo Petrini）为"最有可能拯救地球的50人"之一，2013年联合国环境规划署授予其"地球奖"。2017年，国际慢食全球大会在成都召开，而成都也是联合国教科文组织创意城市网络中的美食城市（City of Gastronomy）。

按照卡洛·佩特里尼的理念，希望建立美食学，培养新美食家，

意大利美食科学大学校园

大学食堂的厨师们许多是米其林星级厨师

让美食学成为一门真正的科学，经得起科学方法的检验，成为大学里真正的学科。新美食家是严肃的生活者，基于全人类是生命共同体的认识，以及保护地球与生物多样性的意识，把饮食作为一种农业行为和生态行为，食物生产必须符合新美食学的要求。

当越多了解这些关于食物生产与消费的理念，关于地球与人类的现实困境，关于慢食运动与美食科学大学的努力，那种起初的好奇就逐渐转化为认真的思考，思考我们每一天最基本的饮食行为，思考我们每个人的生活方式，思考当代社会的工业化生产方式。当"快"成为当代社会运行的最突出特征，当"傲"成为人类面对自然的最突出态度，我们的确应该谦卑地反省自身，找出一条崭新的、可持续的生产生活新道路。正如卡洛·佩特里尼所言："我们在这条路上走过，这不是一条容易的路，也不是一条平坦的路，却是一条极其宽阔的路，在这条路上，每个人都有位置。"

涅瓦河上的烟花

    每个国家都有一座或几座城市集中承载了这个国家的精神与光荣。对俄罗斯来说，圣彼得堡与莫斯科无疑是最重要的两座城市。前者由彼得大帝建立，在 18、19 世纪作为首都，引领俄罗斯走上欧洲大国崛起之路，后者从中世纪的莫斯科公国时代起就是俄罗斯民族的中心城市，在 20 世纪初以来再次成为首都，展现着俄罗斯扎根传统的斯拉夫之魂。俄罗斯谚语"彼得堡是我们的头，莫斯科是我们的心"极其清晰地把握了两座城市在俄罗斯的定位。果戈里说："俄罗斯需要莫斯科，彼得堡需要俄罗斯。"更加幽默地点明了两座城市在俄罗斯的价值。暑期期间，我与同学们一道，长时间沉浸在这两座有深厚底蕴的城市里，感性而深切地触摸到俄罗斯的历史与现实。

一

俄罗斯是一个横跨欧亚、具有厚重底蕴的大国。此行走来，一路看，一路谈，深感俄罗斯人的历史认同感很强，这种认同感集中在俄罗斯 300 年来的历史上，集中在彼得大帝与卫国战争上。

为了让俄罗斯更接近欧洲、学习欧洲，1703 年，彼得大帝决定在通向波罗的海芬兰湾的涅瓦河口的兔子岛上修建一座城市，这才有了今天的圣彼得堡，也才有了近代俄罗斯走向强国乃至帝国的进程。圣彼得堡最先以圣徒彼得的名字命名，此后圣彼得堡的城市与彼得大帝的名字越发密不可分。这位俄罗斯历史上的伟大改革者，集中陆军和海军的力量，打通了一个"瞭望欧洲的窗口"，在大力推动改革时，不仅引进当时欧洲先进的技术成果，还把先进的思想文化植入到俄罗斯的土壤中。在效仿欧洲的过程中，尽管有着强大的民族传统势力的阻碍，但这位君王"用野蛮制服了野蛮"，不但让这座新城成为都城，而且强力带动了俄罗斯欧洲化的进程。值得称道的是，学习不是为了追随，学习强者是为了超越强者，彼得大帝曾说："我们需要欧洲 100年，然后我们就会扭过屁股给它。"

作为引领俄罗斯走向强国的君主，彼得大帝在俄罗斯历史上赢得了包括历代沙皇和国家元首的俄罗斯统治者的尊敬。走在圣彼得堡这座城市里，可以在街头看到展现他英姿的巨大青铜骑士雕像，在博物馆里看到描绘他伟岸形象的巨幅油画，在各种版本的俄罗斯历史故事里看到他伟大的功绩。同样，在访问俄罗斯大学教授的办公室时，我也发现墙上挂着彼得大帝的油画，在许多当代俄罗斯人包括青年人的口中，也总能听到对他的崇敬之情。换言之，整个俄罗斯至今依然弥漫着彼得大帝的气息，隐秘而深邃。

有俄罗斯历史学家认为俄罗斯的三条大河对应着俄罗斯的三个历史时期。"如果说第聂伯河把俄罗斯变成拜占庭式的，伏尔加河把俄罗斯变成亚洲式的，那么，涅瓦河就把俄罗斯变成欧洲式的国家。"而这三个时期分别对应着基辅时期、莫斯科时期和彼得堡时期。今天，涅瓦河边的彼得保罗要塞大教堂成为这位大帝的长眠之地。在这里，这位执掌俄罗斯43年王权的君主接受着来自世界各地的观瞻与祭奠，常年里、终日间熙熙攘攘，热热闹闹。面对君王的棺椁和画像，人们总会驻足、拍照、评论。

对卫国战争的记忆来自于1941年至1945年德国法西斯入侵苏联，在全苏人民的英勇抗击下，通过列宁格勒保卫战、莫斯科保卫战、斯大林格勒保卫战等一系列艰苦卓绝的战役，击退了侵略者。现如今，不仅在莫斯科、圣彼得堡等大城市有卫国战争纪念馆，即便是中小城市乃至乡村都有卫国战争纪念碑，还要标明本地有多少人参与卫国战争，有多少人牺牲。引人瞩目的是，这些战争纪念中洋溢的主题是胜利与豪迈，不是屈辱与悲戚；是反思战争，也是反对战争；是为了缅怀逝去的民族英雄，更是为了振奋今天的民族精神。

更令人赞叹的是，俄罗斯新婚青年夫妇多会到卫国战争纪念碑进行纪念活动，默哀、献花、拍照。起初得知这个信息时，我还将信将疑，直到在参观莫斯科的卫国战争纪念馆时，眼见为实。当天在参观过程中，我看见了一对穿着婚纱、礼服的新婚夫妇在纪念馆外的胜利广场上拍照，才确信了这一细小而伟大的当代俄罗斯民族习俗。于是，我和同学们一道欣然与这对新人拍照，留下美好的纪念。当我们接着参观时，又发现了另一对同样盛装的新婚夫妇也在此拍照。

俄罗斯历史上还有一次引以为豪的卫国战争是 1812 年击退了拿破仑的侵略。当时拿破仑已经进入莫斯科，但俄罗斯人依然以近乎毁城的方式表达了自己的坚决抵抗，以致拿破仑不得不撤退。因此，在莫斯科、圣彼得堡也可以看到许多纪念这一胜利的纪念碑。

19 世纪的拿破仑和 20 世纪的希特勒都是曾经试图征服欧洲的战争狂魔，且在战争初始阶段都所向披靡，但都在俄罗斯遇到了自己的克星。这已经成为俄罗斯人引以为豪的民族胜利，成为了民族记忆中的闪亮共识。

一个有趣的话题是，尽管都是发动战争的侵略者，现在的俄罗斯人似乎对拿破仑的印象要好于希特勒，在叙述前者的战争行为和意图时更温和。对此差异，在俄罗斯访问期间，我虽多次问及，但没有清晰的答案。也许，根本原因在于希特勒的极端种族主义。希特勒基于雅利安种族优越论和生存空间理论，强烈呼吁灭绝雅利安种族以外的种族，特别是犹太人，把斯拉夫人当成奴隶，试图"清除"地球上破坏"血统纯洁性"的种族，显然这跟拿破仑的作战意图、方式和带来的后果是有巨大差异的。

二

俄罗斯是文化大国，文学、音乐、美术等领域的大师可谓群星灿烂，他们不但为俄罗斯创造了民族文化财富，也成为了民族文化纽带。在圣彼得堡，可以看到许多以这些伟大人物命名的公共建筑，比如地铁站有陀思妥耶夫斯基站、车尔尼雪夫斯基站、柴可夫斯基站、马雅可夫斯基站、高尔基站等。2019 年，为了纪念在多个领域做出杰出贡献的著名俄罗斯人物，基于全国民众投票的结果，俄罗斯的40多个机场进行了重新命名，如莫斯科的主要机场谢列梅捷沃、多莫杰多沃和伏努科沃机场，现在被称为普希金机场、罗蒙诺索夫机场和图波列夫机场。这些伟大的名字天天出现在站牌上、地图里、口头中，成为人们日常生活的一部分，成为俄罗斯民族的共同文化基因，也成为俄罗斯民族的文化形象展示。

圣彼得堡有一处普希金故居博物馆，当年普希金在这里走过了人生的最后岁月。参观时，那种极强的沉浸感、故事感和还原感，可以把人拉回19世纪上半叶主人公生活的年代和个人化的场景。在限定每批参观人数的情况下，管理人员安排参观者分批进入一个个展厅，展厅里既有普希金作品手稿，也有个人生活用品，书房、起居室等都保持了当年的布置。更值得称道的是，细腻的解说词把主人公当年的活动细节及事件因果做了准确而极具情感的描述。静静地、慢慢地走着、听着、看着，普希金的形象逐渐鲜活起来，个性丰满起来，当听到他因为决斗而不幸英年早逝的叙述时，看到1837年1月29日他临终前躺过的沙发床时，令人扼腕叹息，久久不能自已。

尽管受到沙皇的打压，但是普希金的才华、精神和影响是无法被磨灭的，他被同时代的十二月党人、诗人、作家们誉为"俄罗斯诗歌的太阳""俄罗斯的初恋"，甚至被认为"普希金就是我们的一切"。而他本人在中国读者心目中也有着很高的声誉。当我和同学们坐在普希金故居的花园中，面对着他的雕塑时，有同学就朗诵起了他的名篇《假如生活欺骗了你》："假如生活欺骗了你，不要悲伤，不要心急！忧郁的日子里须要镇静：相信吧，快乐的日子将会来临！"

莫斯科阿尔巴特大街上也有一处普希金故居博物馆，尽管主人公在这里只居住了半年，但如今这里依然成为了一处精美的博物馆，足见普希金对俄罗斯文化的珍贵性。博物馆中展示了普希金在莫斯科的活动情况，莫斯科上演普希金剧作的情况，还有 1828 年创作的石板印刷的普希金肖像。我随手翻看博物馆的留言簿，发现有许多中文留言，且多是前几天或当天的，可见中国参观者之多，其中或是向诗人致敬，或是抒发自己的参观感受，有人写下"相信生活的希望，相信自己的力量"，还有人写下"普众的土壤，希望的母乳，金色的成果"。

托尔斯泰是俄罗斯历史上与普希金齐名的又一位文学巨匠。莫斯科有一处托尔斯泰故居博物馆，1882 年至 1901 年托尔斯泰全家住在这里，这里不但留下了这位伟大文豪的浓郁气息，还有曾经来这里拜访过的契诃夫、奥斯特洛夫斯基等人的影子。在所有的聚会中，托尔斯泰是天然的中心。曾经来这里拜访的高尔基说："你看着他的时候，就会非常愉快地感到自己也是一个真正的人，就会意识到，人——是可以成为像托尔斯泰一样的道德高尚的人的。"列宾曾写道：托尔斯泰作为一个伟大的人物，只要他一出现，"任何肮脏的世俗利益都毫无立锥之地。"

在莫斯科居住期间曾是托尔斯泰创作的高峰期，他创作了《复活》以及关于信仰、道德、艺术、战争等的大量随笔文章。托尔斯泰 1910 年去世，其夫人 1919 年去世，1921 年这里就成为托尔斯泰国家博物馆，正式对外开放。这座博物馆保存了他和家人使用过的 5000 余件物品，按照当年的原样做了细致的复原，尤其是书房里，保留了当年他的写字台，写字台上放着两支樱桃木笔、孔雀石墨水缸、木制吸墨器，四个用于放置文件的镇纸，两个青铜烛台，还有一些报纸和文件，这些场景和物品如当年般存在，不由得让参观者驻足许久。

　　当年就是在这张桌子上，托尔斯泰每天上午 9 点到下午 3 点埋头写作，专注工作时毫不分心，甚至于在写作缺纸时，他都是眼前有什么就继续在什么上面写，包括板材的下脚料、信件的背后、发票的背面等等，都曾经成为作家的"稿纸"。从写字台的窗户望出去是郁郁葱葱的花园，遥想当年这位文豪在这里思考与写作，探寻"如何生活"的命题，得出了结论，"无论是他本人还是芸芸众生，都应该为他人而活，而不是为自己——这才是人类获得救赎的唯一希望"。

　　俄罗斯文化以文学为中心，充满了理想主义和英雄主义，许许多多的作家及其作品感动了世界。在莫斯科，我们还专门拜谒了又一位中国人非常熟悉的作家——奥斯特洛夫斯基的墓地。记得当时，就在我们快要走近墓地的时候，惊讶地发现一位中国军人正静静地伫立在墓地前，于是，我和同学们都不约而同远远地停下来，安静地注视着那位军人，他对着墓地笔直地站着，过了一会儿，缓缓抬起右臂，敬了一个标准的军礼。

　　待这位中国军人离开，我们来到墓地前。墓地上有奥斯特洛夫斯基的半身坐像，侧脸凝望远方，左臂弯曲，右臂伸直搭在一沓文稿上，雕像下的石碑上还有一顶帽子和一柄宝剑。在雕像前的棺盖上，摆放着依然新鲜的两束鲜花，显然是有人刚刚来凭吊过。引起我注意的是鲜花边的一张卡片，仔细一看，是一段以工工整整的汉字书写的《钢铁是怎样炼成的》中的名言："人最宝贵的东西是生命，生命属于人只有一次。人的一生应该是这样度过的：当他回首往事的时候，他不会因为虚度年华而悔恨，也不会因为碌碌无为而羞耻。这样，在临死的时候，他就能够说：'我的整个生命和全部精力，都已经献给世界上最壮丽的事业——为人类的解放而斗争。'"落款是来自中国的一个

奥斯特洛夫斯基墓前的中国军人

访问团。

俄罗斯人对民族历史上的伟大人物充满了敬仰之情,而且自豪地纪念与传播。在访问莫斯科国立大学时,接待我们的一位院长介绍说,送给许多中国朋友的礼物就是俄罗斯历史上杰出文化人物的雕塑,其中包括普希金、奥斯特洛夫斯基,还有被誉为"俄罗斯科学史上的彼得大帝"的罗蒙诺索夫。而在圣彼得堡我们住的酒店餐厅里,挂着普希金的画像,房间里挂着屠格涅夫的画像。

《论语》有云:"慎重追远,民德归厚矣。"其实,认真地对待自己的传统,不仅让民众忠厚,更让民族深厚。

三

公元 988 年的"罗斯受洗"被认为是俄罗斯文化诞生的标志,那一年,基辅大公弗拉基米尔接受了传自东罗马帝国拜占庭的基督教作为国教。不过,尴尬的是,这之后的俄罗斯民族文化发展并不顺利。根据 1802 年历史学家卡拉姆津编写的《俄罗斯伟大作家名录》,从远古的游吟诗人到作者生活的年代,不过 20 人。换言之,在千年的岁月里,可称为"伟大作家"的俄罗斯人屈指可数,这显然与 19 世纪以来俄罗斯文学群星璀璨形成鲜明对比。研究俄罗斯文化史,可以清晰地发现其"起步晚、进步快、水平高"的特征。

究其原因,认真地学习欧洲文明无疑是重要的分水岭。以至于陀思妥耶夫斯基曾经说:"我们俄国人有两个祖国:俄罗斯和欧洲。"这种文化上的双重性成为俄罗斯文化的一个重要特征,即"不东不西、亦东亦西、非欧非亚、亦欧亦亚"。俄罗斯的多神教信仰源于印度吠陀诸神，东正教信仰源于拜占庭。在今天俄罗斯盾形国徽上的金色双头鹰，一头向左，另一头向右，就被普遍解释为一头看西方，另一头看东方。一方面，俄罗斯人对自身斯拉夫民族特征非常强调，俄罗斯国土大部分在亚洲，加之金帐汗国统治时期继承下来蒙古人的习俗，用拿破仑的话说，"在俄罗斯人的皮肤下面藏着一个鞑靼人"。另一方面，从18世纪起对欧洲特别是法国文化的迷恋，一度使得法语成为俄罗斯上流社会的母语，而俄语的使用却成为问题。事实上，当我们在涅瓦河上乘船游览时，我经常与同学们说，河两边的景致宛如塞纳河边，法国文化的影响可见一斑。

一直到当代，斯拉夫主义与西方主义始终是俄罗斯文化中的两条主线，或交织，或平行，前者把俄罗斯当作"母亲"，后者把俄罗斯当作"孩子"，前者认为莫斯科是俄罗斯传统生活方式的中心，后者认为圣彼得堡是现代文明的典范。公开的欧洲范儿与私下的俄罗斯气质可以完美地结合在一起。而对我来说，常常觉得在莫斯科会看到北京，在圣彼得堡则会看到巴黎。

不过这种双重性并不妨碍俄罗斯人的身份认同，获得先进性并没有丧失主体性，用别林斯基的话说，是要成为"具有欧洲精神的俄罗斯人"。我们在此行中接触的一些俄罗斯大学生，思维很自由，选择很独立，对本国归属感很强，并不盲目到西方或所谓国际名校留学，而是按照自己的兴趣和职业来设计个人的发展路径，展现了个性与民族性的统一。

15世纪中叶拜占庭帝国衰落后，莫斯科接过东正教的衣钵，认为自己传承了罗马、君士坦丁堡的宗教正统，成为"第三罗马"。莫斯科大公自称为"沙皇"，俄语中"恺撒"之意。这种成为"上帝选民"

的意识让俄罗斯文化中的宗教性非常强烈，充满了拯救世界的弥赛亚情结，也逐渐形成了帝国意识。1547 年，伊凡雷帝登基，成为俄罗斯历史上第一位沙皇。

从城市建筑中看，东正教的传入使得教堂和修道院大量兴建，"罗斯受洗"之后仅在基辅城就建起 400 多座教堂，莫斯科、圣彼得堡的教堂也是数以百计，至今流传下来的经典艺术建筑如瓦西里升天大教堂、滴血大教堂等也多是教堂。从文学传统中看，俄罗斯文学中的反思性非常强，《谁之罪？》与《怎么办？》的疑问都带有强烈的宗教救赎意味。而在苏联解体后，东正教又迅速成为俄罗斯国民的共同信仰基础，即便在青年中也有着很大的普及面。在此行参观一些教堂时，可以看到许多青年礼拜者。

距离莫斯科大约 200 公里的奥普京修道院被视为俄罗斯精神的核心所在，包括果戈里、陀思妥耶夫斯基在内的许多俄罗斯作家都曾到这里来寻找"俄罗斯的灵魂"，认为这里是拯救西方拜物主义的精神救世主。托尔斯泰在 82 岁临终前离家出走买了一张火车票，就是前往这所修道院，可惜没有到达。

普希金曾说："我们从拜占庭学来了福音书和传统。"如今看来，东正教的确已经成为了俄罗斯的"传统"。有历史学家甚至认为，"说自己是'俄国人'就等于说自己是'东正教徒'。"

俄罗斯的文学艺术创作，善于从历史中发掘民族的精神性力量。对许多杰出的俄罗斯历史人物来说，精神重于物质，信仰重于利益，情感重于理智。广为传颂的"十二月党人"的故事就充满了英雄主义色彩，被认为是"从头到脚用纯钢铸成的英雄"，尽管或许是乌托邦的理想、堂吉诃德的勇气，但为了自己的信仰，反抗沙皇的贵族们承受了被终身流放的惩罚，而更为后世传颂的是，这批贵族的夫人们在可以选择的情况下，依然跟着自己的丈夫走入了遥远贫瘠的西伯利亚。

歌颂勇气、勇敢、勇士成为俄罗斯文学艺术作品中的永恒主题，普希金的长诗《鲁斯兰和柳德米拉》歌颂的就是民间故事中勇士的英雄精神，之后又被创作为歌剧和交响乐，成为反复上演的经典剧目。此行中参观各种博物馆，俄罗斯画家瓦斯涅佐夫的油画《三勇士》《十字路口的勇士》就给我留下了深刻印象，前者描绘的是中世纪俄罗斯三个英雄人物手持长剑、长矛与弓箭骑在马上的英姿，后者描绘的是在面临前行的死亡威胁与走向两边的富有安逸诱惑下依然前行的勇士。还有一件创作于1813年的雕塑作品《俄罗斯的塞沃特》，描述的是1812年卫国战争期间，一个俄罗斯农民被法国侵略者在手臂上刻下拿破仑的名字以示羞辱，而他则拿起利斧砍下自己胳膊的瞬间，当时看到雕塑及其说明时，深感震撼。

这种强烈的精神追求与勇敢崇拜造就了俄罗斯"战斗民族"的美誉。此次访问，也让我们有了生动的感受。在圣彼得堡期间，恰逢冬宫广场上举行音乐会，居然在前一天拉来了大量的重型武器，包括火箭炮、导弹、装甲车、坦克等摆放在广场上，原以为是为了实施最严格的安全保卫，可到了演出当天，发现这些重型武器更多的作用是作为拍照的背景，甚至于小孩子也可以爬上这些武器。身处冬宫广场，看着舞台上的摇滚乐与舞台下的重型武器，那种特殊的"肌肉感"与"精神性"是融为一体的。

同样，观察莫斯科与圣彼得堡的建筑，从彼得大帝时期到斯大林时期，规模宏大、壮观有力成为其共同的特征，当我和同学们身处这

《三勇士》

冬宫广场上的坦克

些巨型建筑中，经常会讨论一个问题，应该如何描述与理解俄罗斯的气质呢？其实，对于这个"欧洲大门口的陌生人"，深入历史与思维，抱有尊重与理解，才能体会其独特与独立的"俄国性"。世界在眼中，民族在心中。用19世纪俄罗斯诗人丘特切夫的诗来表述最贴切："俄罗斯无法凭理智理解，也不能用一般尺度衡量：俄罗斯有一种独特气质——对俄罗斯只能去信仰。"

四

在莫斯科见到罗高寿俄中中心主席时，他第一句话就热情地说："我们是同志。"他说自己与中国已经交往了20多年，很希望俄中友谊能够实现代际传承。在讨论中，他对中国探索自己的道路给予充分肯定，认为世界应该是多元的，要给更多国家以更多选择，而不仅是西方模式，特别是在西方模式出现很多问题的情况下更不能盲目推崇西方的一切。他非常认同中国提出的"人类命运共同体"理念，谈到"二战"期间各国付出巨大代价，就是为了全人类，因此"二战"的重要遗产之一就是"我们都是人类"的观念。中心主席还表示，俄罗斯和中国之所以在对待诸多国际事务时持相同立场，是因为两国都从全球人民利益的高度判断当今的世界格局，把世界的和平发展而不是一国的利益放在首位。在中俄两国关系引起全球瞩目的今天，中俄不结盟，热烈期待与更多国家一道，为建设一个更加和平、公正、美好的世界而奋斗。

在见到莫斯科国立大学公共管理学院副院长时，他介绍说去年学院招了30名中国留学生，今年希望招100名，今后希望更多的中国学生来俄罗斯学习。他本人每年去中国 10 次左右，访问过深圳的腾讯总部，提出请腾讯给自己的大学开设微信报名平台。当被问及他最喜欢中国的哪里时，他居然提到了泸沽湖，认为那里有着不可思议的美丽。一个俄罗斯人提到这么小众的地方，着实让大家惊讶！他介绍，俄罗斯高考已经把汉语作为正式的外语科目，而他自己两个上大学本科的侄子也在学习中文。与此同时，他也特别鼓励中国青年学习俄语，而且强调说："俄语很好学的，两个月后就可开口说了！"

在中建俄罗斯公司，我们得知，中建在当地坚持深耕许多年，在俄罗斯建筑市场竞争很激烈的情况下，不仅做出了许多代表性的优质工程，而且十分注重中国企业在海外市场的国际形象，成为中国品质的代表者和中国形象的传播者。企业克服了政治社会变动、汇率起伏、合约风险、劳工政策约束等多方面的困难，"十年磨一剑，二十年如一日，三十年不回头"，获得了当地的认同。我们访问了一些俄籍员工，他们普遍表示很喜欢在中建工作，因为这里规范、安全，技术好，经验丰富，当然，还有发放工资很及时。有一位中年俄罗斯安全工程师表示，如果自己再年轻些一定会好好学习中文。当另一位会些中文的工程师被同学们问及对中建的感受时，他脱口而出的回答是"中建很牛！"让大家都大笑起来。还有一位跟着中建干了很多年的女翻译，一再表示很喜欢中建的企业文化，她已经跟着中建做了许多项目，希望今后中建还有更多的俄罗斯项目可以做。

在莫斯科中国文化中心与圣彼得堡社区图书馆等地的访问让我们意识到，与中俄之间政治、经济交往的活跃程度相比，两国文化交往还不那么活跃。与俄罗斯作家在中国耳熟能详甚至成为偶像存在的现状相比，中国作家在俄罗斯的影响力还有限，尤其是中国现当代作家的作品翻译成俄语的还较少。与京剧、书画、太极等中国传统文化在俄罗斯的知晓度相比，俄罗斯人对当代中国文化的现象与趋势的了解明显模糊。古老的中国文化形象与发达的中国经济形象叠加在一起，成了当代中国的国家形象。不过，我们在莫斯科见到的一位俄罗斯女画家对中国国画的热爱与造诣，特别是熊猫主题的绘画，的确让大家都赞不绝口。在圣彼得堡的一个社区中心听到当地老人们为我们演唱《茉莉花》时，内心瞬间充满了温暖。

此行中很难得的是参加了俄罗斯海军节80周年的活动，登上了停泊在涅瓦河上中国到访参加检阅仪式的"西安舰"，参观了舰艇内舱，听舰上军官讲解中国海军的发展。在俄罗斯的蓝天白云烈日下，站在中国军舰的甲板上，有一种特殊的豪迈感，对大国海军建设的战略意义也有了更深刻的认识。

当然，最难以忘怀的场景是观看了俄罗斯海军节的烟火晚会。根据活动预报，当天晚上10点半，烟火晚会在涅瓦河边准时开始。由于此前我和同学们在观看芭蕾舞演出，大家乘车赶到河边时已经临近开始，而车却由于极度拥堵而一动不动，于是，情急之中，大家喊着让司机开门，都冲下车向河边奔去。要知道，所有人都是穿着观看芭蕾舞演出的正装，西服革履，长裙高跟鞋，但那一刻似乎顾不了许多，一路狂奔。到了河边，恰逢烟花升起，在壮阔的涅瓦河上，华丽的烟花一朵朵升起，如五彩群星，金丝散花，扑面而来，从天而降。更有气氛的是，每一朵烟花升起时，河边和河中船上的人群中就会爆发出"乌拉"的热烈欢呼声。那一场景，如童话世界，如梦幻仙境，虽短暂存在但会成为记忆中的永恒。

在圣彼得堡期间，我们乘坐的旅行车的司机经常在车上播放歌

/涅瓦河上的烟花

停泊在涅瓦河上的
西安舰

涅瓦河上的烟花

曲，有一首歌很好听，是美国歌手 Joe Dassin 演唱的法语歌曲《Et Si Tu N'existais Pas》(《如果你不曾存在》)，很有经典苏联歌曲的味道，浪漫、轻快且有着淡淡忧伤，于是我找来下载到手机上播放。有一次司机听到了，很开心，表示他也喜欢。在离开圣彼得堡的最后一天，司机开车送我们去火车站，车刚一开动，司机就打开音响，挑选歌曲，第一首播放出来的正是这首歌，那一刻，令人既惊喜又感动，低沉浑厚的男中音在车厢里飞舞，浓浓的友善也弥漫开来。司机说希望我和同学们喜欢圣彼得堡，留下美好印象。这首歌的歌词大意是：

> 如果你不曾存在
> 告诉我，我如何存在
> 我可以使自己成为自己
> 但我不是真实的……

或许，以这首歌来描述圣彼得堡之于俄罗斯的意义是很恰当的。

亚美利加

樱桃树的记忆

　　弗农山庄（Mount Vernon）位于美国弗吉尼亚州的波托马克河畔，是美国开国总统乔治·华盛顿的故居。这里对华盛顿具有重要意义，尽管他多年征战且担任两届总统，但依然在这座山庄度过了 40 多年的时光，1799 年在这里离开人世。可以说，这座山庄已经成为最具华盛顿个人风格的空间。在华盛顿过世后，当地的一家私人非营利协会从华盛顿家族手中买下了这座山庄，1860 年对外开放，如今已经成为全美参观人次最多的历史名人故居。

　　在一个普通的周末，我来到这里参观。出乎预料的是，当天虽是烈日炎炎，30 多摄氏度的高温，但山庄门口依然是熙熙攘攘，人头攒动。买了进山庄的票，发现票上赫然印着参观华盛顿别墅的时间是 13 点 15 分，而当时才 10 点半。换言之，我要在山庄里转悠近 3 个小时，才能去看看华盛顿的起居室。

　　不过后来丰富的参观体验让时间很快滑过去了，真实的场景、创意的表达、闪光的语言，为参观者再现了华盛顿的形象与思想，既引人入胜，又启人深思。

　　进到山庄接待中心大厅，墙上一幅画最先吸引了我的注意。那是少年时的华盛顿与父亲在一棵樱桃树前的场景，画面下有一行字：我不能说谎（I can not tell a lie）。看到这幅画，我立刻想起了曾经在哪里看到的故事，大意是华盛顿拿斧头砍了家里的樱桃树遭到父亲询问，但他没有说谎而是承认了自己的错误，最后父亲原谅了他。我原以为这只是一个关于华盛顿的传说而已，未承想却作为一个代表性场景以显耀位置出现在其故居里。在之后观看介绍华盛顿的短片以及参观山庄内的博物馆展厅时，关于樱桃树的故事又多次出现，直接或间接地表达一个意思：华盛顿从不说谎。

　　1743年，华盛顿11岁的时候，父亲过世，他同父异母的哥哥继承了这座山庄，并将之命名为弗农山庄。兄弟俩感情很好，哥哥对华盛顿爱护有加，也把自己的朋友介绍给他。华盛顿从小在待人接物上就表现出了自己的优秀品质。《华盛顿传》的作者华盛顿·欧文在书中就说，"他生来就正直诚实，办事十分公道"。

　　华盛顿非常注意自己的言行，希望成为一个有教养的人，为此，当他还是一个孩子的时候，就自己整理手抄了如何待人接物的行为准则，共110条。在现在弗农山庄纪念品商店里，可以看到各种版本的《华盛顿行为准则》，有精装的，有简装的，有面向成人的，也有面向孩子的。

　　我翻了一本印刷精美的儿童版的《华盛顿行为准则》，这本书的封面上印着"跟国父学好行为""怎样坐、站和笑""非常酷"等字样，图案也是非常生动。编写者在前言中说，"这本书提供了一个有趣的方式来了解文明行为对我国最受爱戴的人物的重要性，了解 18 世纪的这些行为准则在今天依然值得遵从"。仔细读读会发现，这些行为准则的确很细小，但却很实用且很重要。比如第一条就是："每个行为都要表现出对在场其他人的尊重。"这其实也是全部行为准则的首要原则。

本书编者选择了 50 条行为准则进行详细介绍，并把这些行为准则分成 6 类，分别是餐桌礼貌（Table Manners）、公民（Citizenship）、得体（Decorum）、卫生（Hygiene）、礼貌（Courtesy）、诚实（Integrity）。餐桌礼貌放在第一部分，其中首先提及的是："不要用餐布和刀叉擦牙齿，但是如果别人这么做了，不要在意。"从日常生活入手、从可操作性的细节入手，引导孩子们学习华盛顿的行为。这些内容能成书出版，不但会成为孩子们的行为指引，也会增加他们对华盛顿的喜爱感与尊敬感。

当然，整个山庄里不仅有这些生活化的故事和细节，更多的内容是展示华盛顿打败英军赢得独立战争的功绩，建立国家、制定宪法等事迹，以及后世对他的尊崇，这些内容通过图片、实物、视频等多种形式生动地表现出来。此外，在庄园里还有大量内容展示了华盛顿对农活的爱好和对种植庄稼的擅长，让人看到了华盛顿作为农场主的另一面。当然，最令人记忆深刻的是，山庄里到处都是华盛顿的语录，传递主人公的思想、精神，特别是激发国民的爱国主义。其中一句特别醒目几乎占据一面墙：对国家的热爱决定了我的行动。（The love of my country will be the ruling influence of my conduct.）

如果说作为农场主的华盛顿的总统故居处处体现了主人对农业的

兴趣，那么，作为学者的伍德罗·威尔逊的总统故居则体现了主人的学术气质。实际上，威尔逊是美国历任总统中"学术地位最高者"，拥有霍普金斯大学的博士学位，也是迄今美国历任总统中唯一获得哲学博士学位的，而且其本人的著作颇多。在担任 8 年总统之前，威尔逊曾担任过 8 年普林斯顿大学的校长，被认为是进步时代的美国知识分子领袖、具有理想主义的政治家。"一战"后，他曾因积极推动成立国际联盟而于 1919 年获得诺贝尔和平奖。

很独特的是，威尔逊是美国历任总统中唯一一位在退休后把家依然安在首都的。与华盛顿故居庞大的庄园体量相比，威尔逊故居显然秀气许多、微小许多，不过是一座三层小楼，隐藏在一个安静的街区里，非常不起眼。从 1921 年离任到 1924 年去世，这里成为这位总统人生最后岁月的居所。

在威尔逊故居的介绍材料中，威尔逊夫人说，这座房子是"朴实的、舒适的、庄重的，适合一位绅士的各种需求"（unpretentious, comfortable, dignified and suited to the needs of a gentleman）。在其书房里的参观令人印象深刻，书房极其静谧，让人感受到浓浓的书卷气，书架上显眼的位置可以看到房屋主人当年写作的《美国人民史》（*A History of the American People*）。年轻的讲解员在书房里讲述的时间很长，还特别提示这套书。

在这座故居里徜徉，读着故居主人的文章、书籍，很难感到一个政治人物的气息，相反，更多的是作为一个思想者与教育者的气息。在 1896 年举行的普林斯顿大学建校 150 周年的校庆上，威尔逊曾发表"为国家服务的普林斯顿"（Princeton in the Nation's Service）的演讲，强调这所大学始终是一所"负有使命感的学校"，鼓励大学的责

华盛顿故居内的樱桃树画像

伍德罗·威尔逊故居内的书房

任在于服务国家与社会。在他看来，大学的特殊职责就是按照一个国家的最高理想来培养这个国家的领导人才。

值得注意的是，威尔逊对科学进步保持了审慎的乐观，他认为，"科学既没有净化我们的情感，也没有增进我们的美德。科学丝毫不会减少我们的贪婪、野心，或者自我放纵。相反，科学可能会通过让我们如此迅速地获得财富或者如此容易地失去财富而刺激我们的欲望"。如今读到这段话，感觉似乎是作者对 21 世纪人类社会的某种预言：一些科学领先者因为对领先地位的贪婪与害怕失去领先地位的恐惧，而把科学作为工具、武器与权力。

美国的建国历史不过 200 多年，但却用心地营造历史感：围绕一个又一个历史事件，建设了一个又一个博物馆；在一个又一个节日中，反复展示美国一幕幕历史场景。对于包括总统在内的历史人物，不论其政绩如何，私德如何，都给予了充分的展示。在华盛顿的国家肖像艺术馆里，不仅有美国历史上的知名科学家、文学家、艺术家、企业家的画像，还专门设有总统画廊。我参观时发现，在奥巴马的画像前有许多人在排队照相，包括坐着轮椅的老人。

有人说美国是一个推崇物质主义、个人主义的国家，但这与美国主流社会提倡爱国主义、奉献精神的价值观是并存的，后者时刻以各种方式得到充分展示并潜移默化地引导国民行为。年轻的总统肯尼迪遇刺后，葬在了华盛顿的阿灵顿国家公墓，总有许多人去献花。在其墓地旁的石碑上，刻着他在总统就职演说中的名言：不要问国家为你做了什么，而要问你为国家做了什么（Ask not what your country can do for you, ask what you can do for your country）。参观时，会看到许多美国人在献花后站在这块石碑前合影。

　　总统作为国家的元首，从历史舞台上退下来后，留给国人和世界的应该是什么样的记忆呢？美国的做法似乎是：以显微镜来发现总统们的优点，以望远镜来观察总统们的缺点，扬善隐恶。日积月累，历经时间长河的冲洗，总统们的形象也就愈发光彩鲜亮，这不仅是个人的荣耀，更重要的意义在于，当一棵樱桃树成为一片"道德森林"，美好的总统集体形象成为公众的共同记忆，国家的认同感会不断提升。华盛顿故居的售票处有一句话很能说明其初衷：为了后代人保护这个地方（Preserve this place for future generations）。

　　美国学者小尤金·约瑟夫·迪昂在其著作《为什么美国人恨政治》中说道，尽管美国公众厌恶左派和右派的意识形态争斗、金钱主导的选举政治，"美国人仍然赞同我们的共和先人：确实存在一样叫做'公共的善'的东西。美国人恨现在的实际的政治，因为我们丧失了对于公共的善的感觉"。仔细想来，寻找这种"公共的善"，对于在"逆全球化"兴起和社交媒体环境中愈发极化和分化的美国社会和人类社会来说都显得愈发重要，如何成为以公平正义为基础的全球合作的推动者，成为以文化多样性为基础的人类新文明的建设者，日益成为当代"公共的善"。

　　西班牙思想家巴尔塔沙·葛拉西安在其17世纪出版的《智慧书》中提及一条原则：善于发现事物好的一面（Find the good in a thing at once）。他认为这体现了好的品位，而只记录别人的缺点会降低品位，更不会增进智慧。其实，在历史中善于发现并记录好的一面更是好品位和大智慧。对杰出人物好的一面的传播是对历史的传播，是对核心价值观的传播，是对民族认同感的传播。否则，对历史戏说而无敬，对先贤麻木而无敬，对文化无知而无敬，其结果是，对民族无敬则无爱。

在华盛顿故居里，有一句话说明了这座历史场所的存在意义：华盛顿的家园将成为我们国家的方位所在（The home of Washington will be the place of places in our country）。据介绍，在美国有 26 座山以华盛顿命名，155 个县乡以华盛顿命名，740 所学校以华盛顿命名。通过故事留下记忆，通过记忆传播美好，通过美好建立热爱，这种热爱不仅是对历史人物的敬畏，更是对历史人物曾经生活过的土地、国家和民族的归属。

下一个新想法

作为全球唯一的超级大国，美国有很多独有的优势，但最值得欣赏的、也最有价值的特色，是其强烈的创新气质。我曾多次访问美国，喜欢去硅谷和西雅图，每次都会去走访创新型企业，感受这种创新气质的影响与魅力。

记得在硅谷走访中，看了两家做显示技术的初创公司，一家是做同屏多显的技术，一家是做裸眼 3D 呈现的技术。两家公司的共同特征是：几个年轻人在一间大房子里工作，安静、专注地做着自己的工作。面对我们这些外来的参观者，他们没有什么接待礼仪，没有什么客气寒暄，坐下来就给你演示技术，直奔主题。当看到在同一个显示屏上基于不同观看角度可以得出不同图像时，我不禁打趣道："这个技术好啊，可以解决许多家庭看电视时需求不同的矛盾！"开发者同意我的说法，又告诉我，家庭看电视可以用，多人游戏可以用，户外广告牌可以用，其用途是很广阔的。当看到在手机上演示出的立体效果极强的《阿凡达》片段时，我对作为主要开发者的清华大学师弟表示了由衷的赞叹，他揉着有些发红的眼睛笑着说："这个技术是与众不同的！"

"与众不同"这个词在硅谷表现得很突出。想当年，乔布斯重新回到苹果公司工作，推出了著名的广告《Think Different》。片中对那些与众不同的人表达了极强的尊重，因为这些人真正改变了世界、创造了新事物。此次访问硅谷期间，适逢苹果公司推出 iPhone 新型号，当天我走访了苹果公司总部。在大厅里看到了乔布斯年轻时伏在苹果台式电脑（Macintosh）上和后来手持苹果笔记本电脑的大幅照片，看到了墙上刻着他的一句话：如果你做了一件出色的事情，那你应该去做其他精彩的事情，不要在过去的事情上停留太久，只要找寻下一个新想法。（If you do something and it turns out pretty good, then you should go do something else wonderful, not dwell on it for too long. Just figure out what's next.）看得出来，乔布斯及其创新精神已经成为苹果公司的灵魂。

在访问斯坦福大学的设计学院（D. School）时，一位任课教授给我们做了充满激情的讲解，介绍如何培养学生的设计创新能力。我印象很深的是，他说："我们不让学生设计汽车等具体物品，而是让他们创造某种东西，力求设计创新。"（Build something, Design innovation.）换言之，在他看来，具体物品已经有了许多规定，会限制学生的想象力。当我问他如何定义设计思维（design thinking）时，他拿出一张纸，画了三个彼此相交的圆，分别代表用户需求、技术可行性和商业价值，而设计思维就居于这三个圆共同相交的区域。他还特别解释了工程师、商人等不同的群体居于这三个圆中的不同区域。我指着三个圆重叠的最中心区域打趣地说:"乔布斯一定是在这里吧!"未承想,他立刻迅速而清晰地说:"No!"然后把手放在这张图的最中心区域的上方说:"乔布斯在这里!"在他看来,乔布斯具有非凡的创新洞察力,能够把握创新方向,把创新做到了极致。

在西雅图的波音公司总部参观时,一进大门就看到其创始人威廉·爱德华·波音的一句话:不应以"做不到"否定任何一个新想法。(It behooves no one to dismiss any novel idea with the statement that "it can't be done".)波音公司创建于1916年,已经走过了百年历程。公司引以为豪的就是变"不可能"为"可能"。(We've been making the impossible, possible.)在参观其各种产品时,在解说语中看到的、听到的最多的词就是创新(innovation)、创新的(innovative)、创新者(innovator)。围绕波音787梦想客机,公司展示了许多创新理念,比如:对于创新者来说,困难就是机遇;创新已经成为波音公司的基因;要提出大问题;等等。给我们担任讲解的一位黑人妇女也是充满了自豪感和激情,不时对公司产品的各种技术和性能表示出发自内心的赞叹。事实上,对于波音来说,改变规则的创新永远是公司的核心理念。(Game-changing innovation will always be at the heart of Boeing.)

历史学家哈罗德·埃文斯曾经写过一本书:《美国创新史》,介绍了美国两个世纪以来最著名的53位伟大创新者,其创新产品从蒸汽机到搜索引擎。在他看来,创新"已经成为美国的一种独特品质","理解什么是创新、如何创新,是21世纪一个至关重要的主题"。书中从政治、文化、商业等许多方面对创新规律进行了总结,很有价值。我以为,最重要的一个结论是:"创新的历史教育我们,最伟大的创新

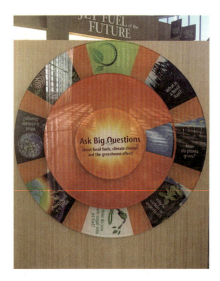

波音公司展厅内

是不可预见的。"这就告诉我们,对于社会来说,要更多地拥抱少数人与众不同的想法;对于个体来说,要更多地提出与众不同的想法。

在走访斯坦福大学 MediaX 时,其负责人详细介绍了如何组织产学研资源共同开展创新,其核心理念是要拥抱模糊(embrace ambiguity),同时强调,他们在选择合作伙伴时,希望对方一定具有开放心态(open mindset)。

在谷歌公司总部参观时,看到了在公司里打沙滩排球的员工,还有许多人坐在阳光下喝着咖啡聊天;在公司食堂吃午饭时,看到了亚洲、美洲等不同国家的食物;陪着我参观的谷歌校友开心地介绍公司给每个人 20% 的自由时间,在这个时间段可以做自己希望做的项目而不必受硬性规定,他特别介绍了现在谷歌通用的很多应用项目都是源于这20%自由时间。在与公司HR座谈时，我问谷歌公司招人的标准，他提出了两个清晰的标准：一是自我驱动（self-motivated），另一是好相处（nice）。理由很简单，谷歌的自由环境不能养懒人，而是要让真正优秀的人有最宽松的环境创新，当代创新需要群体合作，个体好相处是群体合作的基础。

在与脸书公司的一位高级管理人员交流时，他谈到公司的创新理念正在发生改变，过去是让世界更加开放与连接（more open and connected），现在是让世界更紧密（bring the world closer together），过去是仅关注信息传输的效率，现在还要考察信息内容的真假。公司要始终保持对世界变化的敏感性，通过技术创新让世界更美好。

在参加清华大学坐落于西雅图的全球创新学院（Global Innovation Exchange Institute）创新大赛决赛时，看到许多来自不同国家的青年学生聚集在这一平台上，共同进行创新探索，最终"阿尔茨海默病患者的步行助手比利（Billy）"项目获得一等奖。全球创新学院及其创新大赛是一个跨文化、跨学科创新的平台，具有鲜明的问题导向和融合特征。其实，未来的全球性问题会越来越多，能够把不同文化背景的青年人组织起来共同面对，才能让人类的创新能力越来越强，更重要的是，这种创新能力解决的是人类共同的发展问题而不是少数国家的实力问题。

访问期间，我应邀在硅谷创新频道做了题为"文化创意在中国"的演讲。我提出，科技创新解决物质世界的问题，文化创意解决精神世界的问题，两者结合会让人类社会更加美好。从现实看，后者的需求更加旺盛。此行应邀访问库布蒂诺（Cupertino）

市政厅时，他们提出的一个建议就是与清华大学一起组织"文创硅谷"系列活动，搭建不同文化与文明交流融合创新的平台，让硅谷的创新能力服务人类新文明的创造。

从人类发展的历史趋势看，我们已经进入了一个崭新的创新驱动的时代。当创新成为一种社会氛围、一种生活方式时，生命个体的创造力、社会整体的创造力都会被极大地激发出来。从 think different 到 do different 再到 live different，热情接受多样性，积极创造差异性，正在成为时代的创新气质。由此，人类社会的丰厚感与幸福感也会越来越强。

亚马孙的粉红海豚

在 16 世纪的第一年，葡萄牙人发现了巴西大陆。巴西的气候、生态、原住民给那些历经千辛万苦到达的航海者们留下了美好印象，航海者们发出了赞美声："如果尘世中真有天国，那一定离这里不远！"

在 20 世纪 40 年代的第一年，奥地利作家斯蒂芬·茨威格来到了巴西。与战乱的欧洲大陆相比，巴西无疑是一块人间净土。这里给了茨威格以"视觉的愉悦"和"无与伦比的美丽景色"，更重要的是，"一旦踏上这片土地，灵魂便能得到安慰"。为此，茨威格写下了一本书——《巴西：未来之国》，盛赞"巴西是世界上最值得尊敬、最值得我们效仿的国家"。这本书后来成为描写巴西的经典之作，用巴西作家阿弗兰尼奥·贝朔托的话说，"在所有关于巴西的书中，没有一本能与之相媲美"，"这部伟大的作品，它包含着现时的爱和未来的憧憬"。

巴西或许离天国不远，但离中国真的很远。从中国去巴西，那是从北半球去南半球、从东半球去西半球。因此，当我和同学们经过20多个小时的旅程，踏上巴西土地时，心中都充溢着满满的期待与莫名的兴奋。对我们来说，此行可以看到2014年世界杯和2016年奥运会的记忆，走进传说中的带有神秘色彩的亚马孙雨林，近距离观察这个遥远的南美洲大国。也因此，在机场等行李时，许多人都按捺不住地发出了落地后的第一条朋友圈。当然，我也发了，用了一张飞机上的航路图的照片，还有快降落时俯瞰圣保罗的照片，配的文字是："全球胜任力巴西课程，2名老师12名学生，探访世界第五大国。"之所以如此称呼这个国家，因为巴西的面积和人口都居世界第五位。

一

此次访问的第一站是位于里约的马累贫民窟青年交响乐团。接待我们的一位乐团老师告诉我们，中国国家电网巴西控股公司为了支持当地贫穷阶层的孩子成长，从2012年开始支持他们学习音乐并组建了这个乐队。乐队起初只有20多个人，如今已有3000人参与。听起来，这的确是一个极富创造性的公益项目。

当我们走进大厅，已经坐在那里的数十名手持乐器的巴西青年给予我们热烈的掌声。乐团老师做了一个简短的开场白，介绍了要演奏的曲子，称赞了这些孩子们，其中有一句话令人动容："他们希望被尊重，在贫民窟以外找到自己的位置，成就自我。"（They want to be respected, be someone and find a position outside the favela.）

在热烈的气氛中，我和同学坐下来，投入地观看演出。乐团一口气演奏了6支曲子，两首贝多芬的作品，两首巴西曲子，还有中国的《茉莉花》与《我的中国心》。看得出来，这些曲子都是经过精心选择的。我注意到，演奏中这些孩子们面容很安静，略带几分喜悦。每当一曲结束我们报以热烈掌声时，他们都会露出满足的笑容。演出中有一个小高潮，我们同去的一位同学说自己会拉大提琴，在大家的鼓励下她走进乐团，与这些巴西青年们一起演奏了《茉莉花》，那种融洽感很是温暖而感动。

6支曲子表演结束，我们师生一行站起来集体表示感谢，大家商量也唱一首《我的中国心》送给乐团作为回应。令人惊喜的是，当我们开始演唱不久，乐团的孩子们显然听出来这首曲子就是他们刚刚演奏过的曲子，于是，纷纷拿起乐器，开始和着我们的演唱来演奏。巴西青年的演奏与中国青年的演唱汇聚在《我的中国心》的旋律里，那种热烈而真诚的场面，将热度迅速传遍全身、全场，让人觉得国与国之间、青年人与青年人之间的友谊毫无障碍，也无比珍贵。

在整个表演结束后的交流中，乐团青年提的问题是怎样到中国读书，有什么渠道可以资助他们，问得很详细，对中国兴趣很浓厚。我想，在中国越来越走近世界舞台中央时，在越来越多的中国企业进入世界500强时，如果有越来越多的中国企业可以设立奖学金项目支持外国青年来中国读书，中国与世界的人文交流会更加紧密，世界与中国的关系会更加亲密。与这家中国企业支持巴西贫困青年的艺术项目一样，中巴之间的交流也需要更多创造性的渠道。

第一站访问结束后，巴西青年对中国的友好给初到巴西的同学们留下了温暖的感觉，更难得的是，这种感觉伴随着此行巴西的半个月行程。

上图: 与巴西青年乐团一起

左下图: 卡洛斯·塔瓦雷斯先生　　　右下图: 卡洛斯·塔瓦雷斯创作的关于中国的书籍

二

在中国驻里约总领馆，我们见到了 94 岁高龄的卡洛斯·塔瓦雷斯先生。作为一名对中国有着深厚感情的记者，早在 1971 年，在中巴还没有建交的情况下，塔瓦雷斯就顶住压力写了第一篇关于中国的报道。他给我们看了他写的十本关于中国的图书的目录，涉及中国的历史、文化、社会各个方面，让我们很是惊讶，一位巴西人可以写这么多关于中国的图书，如此懂得，如此热爱。

我注意到，这些书中有一本是关于中国的 50 个发明，就问起此书的内容。老先生说，现在世界上用的许多东西都是中国发明的，连足球也是如此，不是英国发明的，而是中国在宋代时发明的，19 世纪时英国从中国"偷"过去的。他还开玩笑说，要把自己的这些书寄给特朗普看，让其更懂得中国的贡献。

老先生对中国的感情很深。他说，为了准备今天与中国大学师生的会面，他特意挑选了自己的穿戴，穿的西装、领带、皮鞋都是中国产的。在他的介绍中，我们仔细打量了老先生的着装，还注意到西装领口上别着中巴友谊的徽章，更是倍受感动。中国驻里约总领事李杨称赞塔瓦雷斯为中巴友谊做出的贡献，称赞他是中国人民的英雄。我们问老先生为什么如此喜欢中国，他说："喜欢中国的悠久历史，喜欢中国人爱好和平。"

我们的交流是从上午 10 点开始的，不觉已过了 12 点。我看时间差不多了，怕影响老先生午饭和休息，就说了结语准备结束，同学们也都开始收拾东西。此时，塔瓦雷斯突然举了一下手，顿了顿说，我还有一件事要讲，这是你们不知道的，许多人都不知道。看他很认真的样子，全场都安静下来。老先生慢慢地说："我已经很老了，我去世后，要把遗产都捐出来支持发表关于中国的文章。"言说中，我们看到老先生眼眶湿润了，我也极力克制自己的眼泪。那个瞬间，我们被震撼了！以最热烈的掌声表达对这位热爱中国的巴西老人的崇高敬意。临走时，我与老先生合照了一张照片，并表达了对他的无比尊敬，祝愿他健康长寿。

三

这种真诚友好的情感在亚马孙继续延续。在巴西，最具神秘色彩的无疑是亚马孙热带雨林了，因而此行专门安排了到亚马孙州的访问。作为带队老师，我最担心的是行程的安全与顺利。这种担心，在我们见到了亚马孙州审计法院大法官朱力欧之后，逐渐消失。朱力欧是一位头发花白的长者，很和善，对同学们充满了关爱。为了让我们了解亚马孙的环境保护工作，他专门安排一天带我们参观了他工作的法院，讲解了亚马孙的环境保护行动。巴西很早就把环境保护内容写进了宪法，成为世界上第一个这样做的国家，目前已形成了应对大气污染、水质污染、废弃物污染等的法律体系。朱力欧带着我们边看边讲，非常仔细。在他的办公室里，他很认真地介绍了专门的废旧电池回收桶，并把一个新桶作为礼物送给我们，叮嘱我们要带回清华园。

在巴西国立亚马孙研究所，我们看到了一种具体而微的生态环境：茂密的热带植物，形态可掬的海牛，活泼跳动的猴子。在与当地大学交流过程中，亚马孙州立大学、亚马孙联邦大学的校长介绍了各自学校的情况，特别是环境保护方面的人才培养和科学研究。这些交流让我们意识到雨林环境保护的系统性和艰巨性，并对这些机构所承担的"亚马孙守护者"的职责有了清晰认识，也启发我们思考中国环境保护的紧迫性和复杂性，思考生态文明的战略性和全球性。

亚马孙雨林占了世界雨林面积的一半，被誉为"地球之肺"，也被全球旅行者认为是人一生"必去的地方"之一。在大家最期盼的亚马孙雨林实地探访中，朱力欧做了细致安排，专门准备了一艘三层的游船，亲自陪着我们进入雨林深度探访。在行前，他问我希望看什么。我说希望最大限度地认识亚马孙、体验亚马孙。他笑了笑，略带神秘而又自信地说，你会看到神奇的亚马孙。事实上，对亚马孙雨林，不仅是我们此行的中国老师和同学没有去过，即便是一道前去的巴西籍同学也没有去过。

在一天的亚马孙雨林行程中，我们亲手触摸了黑河与黄河的交汇点，体会了巨骨舌鱼的强大力量，深入到土著人部落的居所。朱力欧一路与大家讲解亚马孙雨林，介绍他们是如何保护这片生态环境的。他有问必答，鼓励同学们要保护人类的家园、珍爱共同的星球。

最神奇的是，当船开至雨林深处时，朱力欧让船靠岸停下，然后问同学们想不想下水游泳，我问安全吗，他回答说很安全。于是，我让同学们自己决定。看到许多同学们还有些犹豫，朱力欧笑说，你们下水会有特别的礼物哦。在他的鼓励下，多数同学迅速换了衣服，一个个跳下水。这时，朱力欧找来助手，交代了些什么，就见这位助手走到一个当地人身边说了句话。这个当地人立刻跳下水，游到同学们身边，然后，打了一声长长的特殊的口哨，眼见着，水中滑出一道水道，似乎有一条大鱼游过来。朱力欧大声叫起来："看，粉红色海豚

与粉红色海豚一起游泳

（pink dolphin）！"那一瞬间，同学们惊喜地叫起来，水中的那位当地人游到同学们中间，同学们自然地围成一个圆圈，那只粉红色海豚也很自如地游到这个圆圈的圆心处。看着亚马孙雨林中同学们与粉红色海豚共同"游泳"的神奇画面，我不停地给朱力欧说，"不可思议（incredible）"，对他的精心安排表示了由衷的感谢。

那一天的探访，在蓝天白云雨林的环绕中，同学们异常开心，或拍照，或畅叙，或沉思。返航时已是夜幕沉沉，我和同学们在甲板上围坐在一起，讨论一天的收获。亚马孙雨林的夜空异常美丽，月亮很亮，旁边是明亮的木星，还可以清楚地看到土星以及半人马座星系，我和同学们手指着金星拍了许多剪影般的照片。在这美丽的南半球夜空下，同学们不禁一起轻轻唱起《夜空中最亮的星》。那一天的雨林行程，无疑是此行巴西最特别的内容，而粉红色海豚也一定会成为时常闪亮的巴西记忆。

更令大家感动的是，在离开亚马孙的当天，原本因家里有事情已经与我们告别的朱力欧，居然又到机场来送大家。当我们的车来到机场，看到头发花白的大法官站在那里，大家都特别感动。在机场的告别也是温暖的，每个人逐一与朱力欧拥抱，集体合照之后，他才挥手离去。而且，在离开亚马孙之后的巴西访问进程中，这位可亲的大法官还一直通过团队中的巴西籍学生关心、问候大家的行程。

四

巴西人对中国的友善和熟知在我们与巴西的大学、研究机构的接触中有着更多感触。在里约市政厅，一位市政府的官员拿出了去年访问中国、访问清华大学的资料，很是亲切；在巴西中国问题研究中心，三位巴西研究者提到了中国的五年规划的连续性与灵活性的关系、雄安新区建设的挑战性；在与圣保罗大学传播与艺术学院三位教授座谈时，当我们问到如何更好树立中国的国际形象时，一位教授迅速而简洁地回答："找到自己的声音。"（Find your own voice.）

茨威格在《巴西：未来之国》中提出了一个尖锐的问题："在这个世界上，不同阶级、种族、肤色、信仰的人怎样才能和平共处？"在他看来，巴西在这个问题上"处理得最好、最值得称道"。他甚至细腻地描绘道，在巴西"最快乐的事情莫过于看到那些学生褐色的瞳孔，在里面有着智慧与谦卑，还有恭敬与安宁"。或许由于巴西的人种构成的天然多样性，有欧洲人、非洲人、亚洲人与印第安人，或许由于巴西特殊的气候与生态，在这里的人们的确极具包容性，能吸收各种不同文化。在巴西，无法根据容貌、肤色来辨别谁是外国人，开口才知道。也因此，这里的人们极具友好性，每天早上我在电梯里遇到陌生人都要互相问候"早上好"，以至于回到北京后的几天，早上见人就想说"Bom dia"（葡语"早上好"）。

记得在里约的一个周末，我和同学们一起去爬耶稣山，路上遇见一辆警车，里面坐着几位持枪的警察，这些警察看到同学们向他们微笑，居然也都热情地挥手微笑；在里约海湾的船上，几位巴西大妈开心地跳起桑巴，并拉上我们的同学一起跳；在马拉卡纳球场外的小摊旁，摊主随着音乐摇摆身体，看到同学们拍照，热情地把巴西国旗借给大家照相；在里约和圣保罗街上，到处可见五颜六色的涂鸦（graffiti），一些著名的涂鸦街成了拍照的热门地点；圣保罗著名的金融大街在周日变成步行街，各具特色的街头艺人当街表演，还有各种民间艺人摆摊卖东西，熙熙攘攘的场景让我们这些外国人也能感受到城市的温度，沉浸其间乐而忘返。

此行在巴西还看到了一些中国和巴西企业的出色表现。三峡集团巴西公司已经成为巴西第二大电力公司，本地化做得很棒，在800多名员工中，仅有3%是中国员工。在公司参观时，公司价值观给大家留下深刻印象：安全、尊重、正直、敬业、卓越、简单、幸福（Safety，Respect，Integrity，Dedication，Excellence，Simplicity，Happiness）。据介绍，这些价值观很受当地员工的认同，当地员工对企业的归属感也很强。

中交建南美公司董事长与同学们座谈时，谈到了中资企业在巴西发展中的人才吸引能力、风险防控能力、经营开发能力的重要性，建议有志于国际发展的同学们在语言、专业、经济知识上下功夫。国家电网巴西控股公司总经理在与同学介绍时，自豪地说到了美丽山一期项目的提前投入商运，开创了巴西大型输电项目提前运营的先河，更重要的是，中国的技术标准在巴西落地了，这对于水电与输电技术长期居于领先地位的巴西来说是很不易的。

巴西航空工业公司 Embraer 是南美最大的飞机制造公司。在公司会议室，大家一眼就看到了墙上飞机图片上的企业理念：勇敢与创新是我们的标志（Boldness and innovation are our hallmarks）。伊泰普水电站与三峡电站都堪称世界上规模宏大的水电站，但前者建造时间要早得多，始建于1974年，由巴西和巴拉圭共同管理。在参观中我注意到，这里的参观环节有序、专业，每一个停留点都是绝佳的拍照点，许多示意图、数字屏也恰到好处地展示了电站的特点；而且讲解人员的素养很高，对于同学们提出的各种问题一一回答，不是那种背词的讲解员。总的感觉，这家企业的对外传播有着整体性、专业性的设计与组织，既有先进的技术，也有高效的传播。

全球胜任力海外实践课程提供的是一个全球移动课堂，每次见到的访谈者都是课堂老师，不同的老师带来多样的收获。令大家印象深刻的一堂课是在离开巴西前拜访圣保罗总领馆。总领事陈佩洁是一位优雅的女外交官，在与同学们座谈时，她先问了我课程组织情况和过去半个月在巴西的访问情况。当我介绍完，她笑着说，巴西的好地方都让你们去了，这个课程的设置好灵动啊！以"灵动"这个词来描述我们这个课程还是第一次听到，我一下就记住了。总领事仔细介绍了巴西的社会经济情况，谈到"一带一路"建设既要重视经贸合作又要重视人文交流。在谈到同学们如何提高自身素质时，她精辟地说了7个字，"学好本事做好人"，强调要对自己国家有了解和热爱，看到有不好的地方要想办法让她更好，要学会独立思考，要培养人格魅力。

五

此次巴西游学的收获是丰富多样的，也是需要长时间沉淀消化的。巴西国旗上写着一句话："秩序与进步。"但访问结束后，我们感觉这句话更多的是国家的号召，巴西国民的性格其实是"自由与快乐"。对于巴西社会治安问题，我在与巴西人交流时提出可以加强政府监管，比如多装高清摄像头，但巴西人告诉我说不喜欢被监视的感觉，宁要"有些混乱的社会"，不要"完全透明的社会"。

美国记者罗伟林在巴西住了10多年后写了一本书《赤道之南——巴西的新兴与光芒》，他写道："我不得不承认，无论多么恶劣的环境，巴西人都拒绝向困难低头或流露出失败情绪。在他们的内心深处似乎总有一个地方，一个核心，是贫困和黯淡的政治环境所无法渗透的。这正是乐观主义和真正的巴西精神之所在。"他也认为，"天地间似乎有两个不同的巴西：一个官方的但不真实，另一个真实却背后隐藏着狡黠"。

巴西此行，让我对巴西的两位领导人产生了兴趣。一位是 19 世纪巴西帝国时期的第二位皇帝佩德罗二世，此君在位近 60 年，堪称哲学王、人文主义者，很有学识，懂得英语、法语、德语、西班牙语、拉丁语，临终还在学习梵语，鼓励科技发展，把铁路、电报、电话等引入巴西，但最终被迫退位，流亡欧洲。在 1889 年 11 月 16 日的告别信中，他写道："在带着全家即将离开之际，我带着对巴西的最大眷恋，最热忱地祝福巴西的伟大与繁荣。"（Leaving now, with my entire family, I will retain the most nostalgic memories of Brazil, with the warmest for its greatness and prosperity. ）其真挚之情、眷恋之意令人动容。

另一位是 1995—2002 年担任总统的卡多佐，此君也很有学识，是一位社会学家，在巴西恶性通货膨胀时实施"雷亚尔计划"成功抑制乱局，为之后的巴西发展打下坚实基础。美国前总统克林顿认为，卡多佐"驾驶着巴西这条大船，勇敢地、有预见性地、优雅地穿越危机四伏、暗礁满布的海域"，"他对巴西的付出与忠诚无人能及"。

在去巴西的长途飞机上，我仔细阅读了巴西著名作家保罗·柯艾略的代表作《牧羊少年奇幻之旅》，据说这部书被翻译成 60 多种语言，全球畅销 6000 多万册，成为 20 世纪重要的文学现象之一。从这部著作中，可以体会到巴西的特殊性格。主人公牧羊少年历经曲折，明白了要与自己的心灵交朋友，学会懂得宇宙的语言，以内在的小宇宙激活外在的大宇宙，对于梦想，每个人都可能以"新手的运气"开始，以"勇者的坚韧"获得成功。

或许，这才是巴西最深层的美丽与魅力，当人与粉红色海豚一起游泳时，当小宇宙与大宇宙融为一体时，地球生命共同体就真的形成了。

阿非利加

罗本岛的风

提到南非，人们会想到什么呢？在带学生访问南非之前，我特意问了一些老师和学生，结果发现，大家提到最多的三个答案是：治安差、艾滋病与曼德拉。或许由于前两个标签给人的印象太深了，以至于到南非访问成为一件极具风险的行为。因而有老师得知此行计划，多会好心地劝一句：何必带学生去那里呢？至少也是要提醒一句：注意安全啊！

一

访问期间，这三个标签成为我关心的问题。在数十次公务参访、会谈或日常聊天中，我总会提到这些问题，也得到了许多不同视角的回答。对于前两个问题，有两个简单清晰的回应让我印象深刻。

在南非访问期间，我们走访了约翰内斯堡公共安全局局长孙耀亨。孙局长容貌儒雅，谈吐平和，初见之后我忍不住告诉他，很难把他与街头那些膀大腰圆的黑人警察联系在一起，更难以想象他带领这些警察去抓犯罪分子。孙局长详细介绍了他上任以来如何整肃警察队伍、如何降低辖区犯罪率，讲了许多生动细腻的故事。有的故事发人深思，有的令人忍俊不禁。对于约翰内斯堡乃至整个南非的治安问题，他有一句回答很艺术：在合适的时间出现在合适的地方就没事。

我们还走访了时任中国驻南非大使林松添。林大使气宇轩昂，激情澎湃，谈话富有感染力，和我们一行就推动中南人文交流进行了长达 3 小时的交流。听着林大使介绍南非乃至非洲在中国外交中的战略意义，中南关系的快速发展，南非具有的资源禀赋、区位突出和发展基础良好三大优势，让人深感南非是当代中国青年值得投身奋斗的一片热土。许多同学对林大使提出了自己关心的问题，大使一一认真回答，其坦诚幽默赢得笑声、掌声不断。大使特别鼓励同学们把世界当成家园，鼓励同学们把外交当作高雅的艺术，享受这一事业的乐趣。交谈期间，对于南非的艾滋病问题，林大使给出了一个非常有趣而深刻的回答：你不惹它，它不惹你。

关于曼德拉，还未踏上南非的土地我们就感受到了这位历史人物的气息。在出发前，我和同学们在北京的南非驻华大使馆拜访了南非驻华大使多拉娜·姆西曼（Dolana Msimang），其会议室就悬挂着巨幅曼德拉画像。在南非访问期间，政府机构、书店、机场、商场等地随处可见曼德拉的画像、语录和书籍，也听到了许多南非黑人、白人及在南非华人讲述他的故事和影响，深感曼德拉对于南非的特殊意义与精神领袖地位。但关于曼德拉的评价，得到的回应则复杂得多，似乎很难用一句话清晰地描述。后来，我在与同学们讨论时说道，看来对历史人物的评价要靠自己去发掘，这种发掘的有效方式是走访历史人物的生活场景，阅读历史人物的文章谈话。为此，曾经关押曼德拉的罗本岛监狱成为此次南非访问的一个重要参观点。

二

罗本岛（Robben Island）是南大西洋上的一座小岛，面积 5 平方公里多，位于南非西开普省桌湾中，距南非立法首都开普敦很近。从 17 世纪开始，罗本岛一直作为监狱与流放地，主要是反抗殖民统治和种族隔离犯人的监禁地，也曾隔离过麻风病病人。1960 年以后，罗本岛成为南非白人政府关押政治犯的监狱，先后关押过数千名黑人运动领袖和积极分子，其中最著名的犯人就是曼德拉。1964 年，曼德拉被南非白人政府判处终身监禁，开始在罗本岛服刑，直至 1982 年才被转移到其他监狱。换言之，曼德拉在罗本岛上度过了 18 年的牢狱生活。

曼德拉是南非反对种族主义的领袖人物。中国人对种族主义的感受或许并不明显，但在大航海时代以来的西方国家及其殖民地，种族主义有着根深蒂固的思想根源。在发现了新大陆、新世界后，欧洲人的中心感与优越感爆棚。曾写作《论美国的民主》的托克维尔就说过："难道我们不能说欧洲人之于其他种族就像人类之于动物一样吗？"显然，民主与殖民在托克维尔那里并不矛盾，只是对象不同。不容否认的是，对有色人种的歧视这件事情上，一些近现代西方学者是理直气壮的。从西方哲学史来看，欧洲中心主义和种族等级主义在近代文明进程中是与人文主义并行的，成为人文主义的另一副面孔。

20世纪90年代，最后一批政治犯从罗本岛上被释放。1997年，这里成为对外开放的博物馆。1999年，罗本岛被联合国教科文组织授予"世界遗产保护地"的称号，其理由是："罗本岛承载了悲惨历史的鲜明记忆……罗本岛及岛上监狱标志了人类自由精神与反抗压迫民主精神的胜利。"

在南非访问期间，当地朋友曾建议不一定要去罗本岛参观。理由是岛上可看的东西不多，且海上颠簸，花费时间较长，但我考虑还是要去看看。因为，罗本岛已经成为南非的一段集体记忆，也成为外界观察南非的一扇清晰窗口，其典型性不可替代。

从开普敦乘船大约一小时到达罗本岛。我注意了一下，大船上坐了满满的乘客，有上百人，其中不仅有黑人，也有许多白人、黄种人。看来，作为博物馆，罗本岛已经超越了单一种族色彩，变成南非的历史标本与脚印。要知道，在南非，白人一般不去反映黑人受压迫历史的种族隔离博物馆，黑人一般不去反映早期白人征服南非土地的先民纪念馆，曼德拉则是为数不多的跨种族得到认可的人物。

当年的监狱建筑和犯人们劳动的采石场保持了原貌，前者粉刷一新，后者也收拾得很整齐。当我们经过采石场时，那雪白的石灰石发出闪耀的光亮，许多人要么闭上眼睛，要么戴上墨镜。遥想当年曼德拉等人在此劳作，迎风流泪，明光刺眼，其饱受折磨之状不由得浮现眼前。

参观的重点是监狱牢房。从铁栅栏门外，可以清楚地看到牢房之小，宽度仅有2米左右。用曼德拉自己的话说："我三步就能从牢房的一头走到另一头。当我躺下的时候，我的脚和头都能触及水泥墙。"

上图：约翰内斯堡的曼德拉广场

下图：罗本岛上曾经关押曼德拉的牢房

牢房里设施很少，包括铺在地上的垫子、毯子、小桌和马桶，还有一个小小的窗口，可以看到一片小小的蓝天。1964 年，46 岁的曼德拉作为一名终身监禁的犯人进到这个牢房里，在不知道终点的情况下"住"了下来。

曼德拉在监狱里坚持做的两件事情令人震撼。一是坚持锻炼。在如此狭小的牢房里，曼德拉坚持从周一到周四每天早晨跑步 45 分钟，做 100 个俯卧撑、200 个仰卧起坐和其他体能训练。另一件事是坚持学习。曼德拉在其自传中谈到罗本岛被认为是一座"大学"，囚犯们或互相学习，或自我学习，学习英语、南非荷兰语、艺术、地理、数学、历史以及马克思主义，"教学风格从本质上讲是苏格拉底式的，思想和理论通过主讲边问边答给大家讲得又深又透"。曼德拉在狱中给大家讲政治经济学，讲了从原始社会向封建主义、资本主义和社会主义的发展历程。在他看来，"社会主义是当时人类经济生活最先进的阶段"。

曼德拉认为，"监狱是一个锻炼人的性格的大熔炉"，"英雄就是在最艰难环境中仍然不屈服的男子汉"。显然，27 年的监狱生活锤炼了曼德拉的性格，锻造出了一个南非乃至非洲的世界级英雄。在罗本岛我看到了曼德拉 1966 年在岛上狱中拍的一张照片，对比他 1990 年出狱第二天的照片，后者更加清瘦、坚定、沉稳，毫无疑问，后者更具时间与苦难锤炼出的厚重感和领袖气质。

此行到达南非时恰是 2 月 11 日，也正好是当年曼德拉出狱的日子。我告诉了同行的同学，这种不经意间的巧合也让大家对参观罗本岛有了特殊的感受。

曼德拉出狱是当年轰动世界的大事情。当天在监狱门口聚集了来自全球的数百名摄影记者、摄像记者、文字记者以及数千民众。《人民日报》在 1990 年 2 月 12 日国际版的头条刊发了曼德拉获释的新闻："南非黑人领袖纳尔逊·曼德拉于今天下午 4 时许获释出狱，结束了 27 年的被监禁生活……4 时 19 分，72 岁的曼德拉和夫人手拉着手，健步走下汽车，向欢迎的人们挥手致意。当曼德拉和夫人出现在监狱大门外时，马路两旁欢迎的人群顿时沸腾起来。曼德拉夫妇对群众表示致意后回到汽车里，向离监狱 35 英里以外的开普敦驶去，准备参加在那里举行的群众集会。欢迎的人群挥舞着南非非洲人国民大会[1]的旗帜，目送曼德拉远去。"

与这篇新闻配发的还有一条题为"前进了一步"的评论，文中提到，"1948 年南非国民党执政伊始，提出了'白人南非'的口号，赤裸裸地奉行种族隔离政策，受到南非人民和世界主持正义人士的抵制。42 年后的今天，南非当局采取了一些有利于消除种族歧视的措施。南非当局这样做既是明智之举，也是出于无奈。几十年来，南非当局一直企图以残暴手段维护种族主义制度，但事与愿违。非国大等组织领导的反种族隔离制度的斗争不断取得胜利。遭到南非当局迫害、身陷囹圄的曼德拉成为南非黑人争取自由与平等斗争的象征"。

事实上，当曼德拉离开监狱前往开普敦参加群众集会的路上，就有许多白人家庭站在路旁等候，甚至有的人举起右拳向曼德拉行非国大会礼，这让曼德拉非常吃惊，又备受鼓舞，以至于临时停车下来向一个白人家庭致谢。

---

[1] 南非非洲人国民大会：现为南非执政党，以下简称"非国大"。

三

曼德拉的家在约翰内斯堡索韦托的奥兰多西 8115 号，出狱后第二天他回到了这里。在曼德拉看来，只有住到这里，"我才真正感到自己已经离开了监狱。对于我来说，8115 号是我的人生世界的中心，是在我的精神地理中标有'X'标记的地方"。

此次访问南非期间，我们很想去索韦托的曼德拉故居看看，但是，许多南非当地朋友建议不要去，因为那里的治安不好。直到见到了约翰内斯堡公共安全局孙局长，有了他的认可和支持，我们才如愿前往。

那天未到 9 点到达，故居还未开门，我和同学们就在门口等着。街上不时有黑人走过，由于之前听闻了许多索韦托的恶性案件，男生们都站在外围，女生们站在内圈，且把脸朝向墙。有路过的黑人向我们打招呼时，大家也都以最"矜持"的方式回应。我想，在 1994 年曼德拉成为新南非总统的 25 年后，一群来自中国的年轻人站在他的故居前依然有如此紧张的状态，一定是他不想看到的，但或许，这也是他力不从心、力所不能及的。

这座曼德拉故居的确很简单，三间房子，院子也极小，但也因此，更让人对他的品格有了清晰的认识。其实，当时他夫人温妮已经在附近建了一座更大更气派的房子，但曼德拉不愿意去，在他看来，"由于面积太大，费用太高，似乎也不适合一个人民的领导人居住。我尽可能地拒绝了那个建议，我不但要住在我的人民中间，而且还要像人民一样住下来"。

离开曼德拉故居，经过附近一所房子时，有人介绍说，这是南非黑人大主教德斯蒙德·图图的家。曼德拉 1993 年获得诺贝尔和平奖，图图 1984 年获得诺贝尔和平奖。在如此简陋的街区里，一条街上出了两位诺贝尔和平奖得主，在世界上也是罕见。

图图在 1994 年后协助曼德拉进行种族和解，彻底清算当年白人对黑人的种族隔离迫害行为。在这一清算中，曼德拉希望既不走"纽伦堡审判"的道路，也不走"全民遗忘"的道路，而是希望探索一条"以真相换自由"的社会重建的第三条道路，为此，曼德拉邀请图图担任了南非真相与和解委员会主席。这是一份艰难的工作，但在图图看来，"一个国家如果能够妥善处理往昔的痛苦，就会成为一个更加伟大的国家。没有宽恕，真的就没有未来"。1999 年，图图出版了一本书，题目就是"没有宽恕就没有未来"（No Future Without Forgiveness），书中讲述了自己从事这一伟大而复杂工作的故事和思考。

四

曼德拉执政后，着力推动种族和解和社会重建，新南非的官方语言达到 11 种，包括英语、阿非里卡语（南非荷兰语）、祖鲁语、科萨语及各主要部落语言，这在世界上也是罕见的，就连南非的国歌也是用 5 种语言来演唱。当然，新南非最重要的变化是黑人翻身做了主人。1994 年以后的历任总统都是黑人，且都是非国大的成员。曼德拉的继任者姆贝基的父亲老姆贝基，与曼德拉是亲密战友，当年两人都在罗本岛服刑。在姆贝基之后，祖马就任南非总统，此公当年也在罗本岛服刑 10 年。罗本岛在新南非中的特殊意义可见一斑。

但是，公平并不立刻带来效率，在南非访问期间我们听到各种抱怨，抱怨经济发展缓慢，抱怨曼德拉执政后的南非从发达国家沦落为发展中国家。民主并不立刻带来自由，在南非高失业率和高犯罪率成为普遍现象，一些南非华人在与我们聊天时说，回到国内最喜欢做的事情是在街头自由行走，特别是在深夜里随意出来吃夜宵。

更重要的是，种族和解并不立刻带来国家认同。1994年前，黑人对国家政权缺乏认同；1994年后，白人对国家政权缺乏认同，只不过是显性的种族分离在一定程度上成为了隐性的种族分离。或许，当有一天黑人选民能选出一个白人总统，这种分离才会真正结束。

在非国大执政后，政策中出现的一些失误、官员中出现的一些贪腐，特别是前总统祖马本人的各种"故事"，都饱受社会诟病。在我们访问期间，南非媒体铺天盖地地批评南非出现的大规模停电现象和国家电力公司Eskom，这家公司负责了南非95%以上的用电，并将矛头直指非国大政府。在访问南非最大传媒集团时，我就发现其报纸的评论认为，自1994年非国大赢得大选以来，政府在各个公共服务领域极度缺乏技术、管理与知识（Since the ANC won the 1994 election-the dire lack of technical and managerial skills and knowledge in all areas of delivery of public services）。事实上，南非黑人政府执政能力上不去，已经逐渐在削弱曼德拉的光辉形象。

1990年曼德拉出狱是世界性的新闻，他的故事和精神也感动了许多中国人。香港Beyond乐队主唱黄家驹特别创作歌曲《光辉岁月》以示敬意，歌词细腻深刻：

> 黑色肌肤给他的意义
> 是一生奉献

肤色斗争中

年月把拥有变作失去

疲倦的双眼带着期望

今天只有残留的躯壳

迎接光辉岁月

风雨中抱紧自由

一生经过彷徨的挣扎

自信可改变未来

问谁又能做到

据说曼德拉在得知歌词内容后，潸然泪下。

2013年曼德拉过世也是世界性的新闻，有不少中国人写文章纪念，中国的诗歌期刊发表了题为"曼德拉走了"的诗六首，诗中开篇：

许多花落下来了，覆盖住了桌面

早晨听新闻，曼德拉走了，南非的伟大传奇陨落而西去

渐渐升起在天边的雾幔中有祈祷声

我的手指拂开这显得格外忧伤的布景

我的心停顿在属于南非国度的辽阔热带和海岸线

的确，曼德拉是属于南非的伟大传奇，但"自信可改变未来，问谁又能做到"。他只能完成属于他自己的那个时代的任务，消除种族隔离，实现种族和解，带领南非重回国际社会，踏上追求自由的征途。但这个征途是漫长的，正如他自己出狱时所言，"我们还没有自

由，我们仅仅是获得了要自由的自由"。在我看来，数百年的被殖民与种族隔离历史中，黑人受到的压迫是巨大的，其最大迫害还不是当时的经济与政治地位歧视，而是长期的教育机会压制，后者的后遗症更大，显然需要更长的时间与耐心才能获得真正的公平和自由。在罗本岛的商店里，我买了一张纪念曼德拉的明信片，上面有曼德拉的一句话："教育是个人发展的巨大引擎。"（Education is the great engine of personal development.）

开普敦的桌山被称为"上帝的餐桌"，站在山顶，可以清楚地看到罗本岛——这座对南非充满特殊意义的小岛。非洲大陆最南端的开普敦，同时沐浴着大西洋和印度洋的海风，罗本岛上也是常年有风。我和同学们在岛上拍照片时，突出的感受就是风大，那种凭海临风的感觉很强。

当年，曼德拉被关押上岛后就意识到：对自己最大的挑战，是"如何完整地从监狱里走出来，并如何保持甚至加强自己的信仰"。为此，曼德拉在监狱里坚持锻炼和学习，无论罗本岛的风吹向哪里，他始终保持自己的追求种族平等与自由的奋斗信念，直至走下小岛，走出监狱，成为非常之时的非常之人。如果要以一句话来概括曼德拉，或许可以是：斗士之功，名士之风。

2021 年 11 月 11 日，南非前总统德克勒克因病去世，正是此公在任总统期间于 1990 年宣布无条件释放曼德拉，国内外媒体的报道中，普遍选用了一个标题："曾释放曼德拉出狱的南非前总统去世"。看来，这一和解举措已经成为德克勒克一生最重要的历史性功绩。

从开普敦桌山上看罗本岛

参观南非群英塑像

走进东非看中国

2016 年 11 月，一条名为"丝路新探·招募帖"的信息在清华园中发布，内容是选拔一批学生在寒假到东非进行社会实践，这一信息激起学生们热烈反应，逾 200 名同学报名；2017 年 2 月初，当中国大地还沉浸在农历鸡年的新年气氛中，我和两位清华老师率领 14 名清华学子开始了非洲大地上的调研之旅，同学们来自清华的 7 个院系，既有本科生又有研究生。

东非是一片神奇而瑰丽的土地，与中国有着很深的历史渊源和现实关联。600 年前，明代航海家郑和率领船队，沿着古代海上丝绸之路到达了东非的肯尼亚；今天，东非是"21 世纪海上丝绸之路"的最西端，是中国"一带一路"建设的重要方向和支点区域。

此行，我们看到了中国在非洲的影响力。从铁路到公路，从城市供电到供水，再到汽车、手机与日用品，乃至野生动物保护，中国元素在非洲无处不在。亚吉铁路是非洲第一条电气化铁路，全部采用中国标准和中国装备建设而成。当我们走进这条铁路的站台时，同学们都惊呼，从外部风格到内部标志，都太"中国"了。当乘坐火车沿这条铁路行驶在非洲大地上，坐在明亮、整洁的车厢里，同学们都兴奋不已，自豪感陡升。在内罗毕的贫民窟，我们走访了当地中国民间组织捐赠的长青造梦小学，一进学校里，可爱的孩子们就拥上来与我们一起拍手、合影，嘴里还不停地说着"China，你好"，校长、老师热情地与我打招呼。在调研中，我们了解到，中国改革开放以来的成功发展对东非有很大影响，许多高级官员都在研读阐释中国发展道路的理论著作，认为中国的独立自主发展经验对后发国家有着重要的借鉴意义。据介绍，非洲当地组织进行的民调显示，中国在非洲的国家形象非常正面。

此行，我们看到了中国企业的竞争力。我在蒙内铁路建设工地上遇见一位年轻的中国指挥长，85后，黝黑的面庞、干练的言行、自信的谈吐、谦和的态度，给我留下深刻的印象。我也知道了中国企业为什么在非洲能够组织成千上万当地员工进行施工。华为肯尼亚公司的负责人告诉我们，企业在员工聘用、采购、投资方面高度本地化，有些优秀的肯尼亚员工被派回深圳总部工作，企业也获得肯尼亚政府颁发的最佳纳税人奖。在与中土埃塞公司的负责团队座谈时，企业发展思路之开阔长远、企业负责人交流之轻松诙谐，让同学们感慨万千，称赞不已。在亚的斯亚贝巴的华坚工业园参观，我们看到这家中国制鞋民企在组织当地员工进行队列训练，并以中文演唱《团结就是力量》，引发了同学们的惊呼，大家纷纷拍照。这家企业内的许多埃塞高管甚至有中文名字。

此行，我们看到了中国大学生的新使命。在中国驻埃塞俄比亚

访问内罗毕的小学

大使馆内，腊翊凡大使与社会实践队一行进行了近 3 个小时的深度交流，他对清华大学组织师生走进非洲开展社会实践给予充分肯定，表示"带领优秀青年学子走进非洲是极有远见的举措"，"清华学生是中国驻埃塞使馆迎来的第一批大学生，希望你们之中未来有人能投身中非合作事业，推动走出一条互利多赢、共同发展的新道路"。2 月 11 日，时值中国元宵佳节，中国驻非盟使团大使旷伟霖在大使官邸与我们会谈。他说，此次是驻非盟使团成立以来第一次接待国内大学生团，欢迎将来有更多青年学生参与中国驻非盟使团工作，在对非关系研究中发挥更大作用。

"没到非洲怕非洲，离开非洲想非洲。"在调研中，我们多次听到这句话，起初还觉得是玩笑之语，但随着此行在非洲时间的推移，这种感觉居然越来越清晰。而且，越是临近行程结束，越是有不舍之感。

或许，非洲真的是有一种特殊魅力吧！

此行清华赴东非社会实践支队是一支学习团队、研究团队、传播团队。一路走一路谈，有同学说，此行对非洲经历了怀疑、欣赏、拥抱的三个阶段，感觉非洲是发展的热土、乐土；有同学说，此行看到了中国在非洲的影响力，中国企业在非洲的蓬勃发展，深感自己的命运要与国家命运紧密相连，积极融入中国的全球发展；有同学说，此行增强了自己的根基感，走到哪里都能看到中国，国家在我背后我觉得很自豪。通过此次东非社会实践，同学们认识到"全球化"不等于"欧美化"，认识到非洲对于中国的全球发展具有重要意义，认识到国家的发展、企业的力量与自我的使命。大家说，此行只是"走进非洲"，今后期待"走遍非洲"。

从东非回来，同学们结合自己的专业和兴趣写了许多文章，关于国际传播能力建设、国家形象分析、央企海外形象塑造、海外投资风险、人力资本红利、工程承包模式等，表现了大家对中国发展的多角度思考。同学们还制作了专题纪录片，展现了人类学视角和对人类多样性文化的尊重。这些作品充分展现了全球视野、中国立场、青年担当，体现了当代中国青年的全球胜任力。

东非归来，我们对"一带一路"建设的战略意义和实现途径有了更鲜活的认识。在当前逆全球化和贸易保护主义蔓延的趋势下，"一带一路"倡议无疑是一种纠正与平衡，体现了中国的大国担当与构建人类命运共同体的愿景，并逐渐得到包括非洲在内的越来越多的国家和国际组织的认可与支持。中国积极推进"一带一路"建设，不仅关乎全球财富的再创造，更关乎人类发展新理念的大传播。

中国推动的"一带一路"建设完全不同于大航海时代以来西方主

导的全球化进程，它是以包容性发展、多样性文化、平等性参与为特征的。这种特征是千年前《礼记》中"天下大同"思想的当代延续，是一种"新大同主义"的体现，也是中国推动"一带一路"建设的文化根基所在。为此，在推动这一新全球化进程中，不仅要让优秀的中国企业获得世界的认同，还要让优秀的中华文化获得世界的认同，从某种程度上说，后者具有更深层意义。

要推进中国更好地走近世界舞台中央，在继续加强经贸合作的同时，还有两方面任务要加强：一方面，加强"一带一路"沿线国家的文化沟通，让不同文化、文明间的交流更加密切，既要推动中华文化的创意传播，也要以更积极的姿态了解、接纳其他民族的不同文化；另一方面，构建"一带一路"的话语体系，从国际政治、全球经济、人类文明发展的角度讲清楚这一倡议的合目的性与合规律性，打破殖民主义、冷战时期的话语体系，核心目标是增强"一带一路"倡议的全球认同感与全球合作力。

一名本科生在肯尼亚社会实践快结束时告诉我，希望毕业后到非洲来学习工作。我问他："为什么不想着留在清华读研究生，也可以研究非洲啊？"他说："胡老师，我不看大学名气，只希望留在非洲学习，深度了解非洲、研究非洲，将来为推动中非的合作发展和中国的全球发展贡献自己的一份力，您看这样行吗？"当时，我立刻给他点了一个大大的赞！我想，如果这样的中国学生越来越多，中国青年对全球性问题的重视度与参与度越来越高，那么，中国在全球发展中的引领作用必定会越来越大。

亚细亚

阿联酋的独特与奇妙

阿联酋是一个独特的中东国家，在我和同学们去访问之前，大家印象中的阿联酋是石油、土豪与奢华，而在去了之后，每天目不暇接的参访、体验与讨论，带给大家的是极富感染力的奇妙感觉与深入思考。

一

在阿联酋的第一天，我们走访了迪拜硅谷创新园区，与我们座谈的园区负责人是一位戴着白色头巾的阿拉伯青年，帅气而有礼。他在介绍中特别谈到，迪拜是一个拥有高度多元文化的城市，希望成为一个让不同人群都生活轻松、快乐的城市，吸引不同国籍的青年人才来这里，从城市建设目标来说，有 4 个维度：科技中心、理想社会、智慧城市、幸福人群。同去的 10 名同学一一提出了自己的问题，他都

——给予了回答，看得出来，他很耐心也很自信。结束时，我代表访问团一行赠送给他一个纪念品，他表示了感谢并和我在园区标志前合影留念。

在阿联酋访问期间，最先也是最多听人提起的就是其人口结构，900多万的总人口中，印度、巴基斯坦等外国人口占到80%以上，中国人也超过30万。这种特殊的人口结构在全世界是独特的，而在外国人口如此之多的情况下，国家还保持高度稳定，牢牢把控国家发展，更重要的是，还有大量外国人口持续拥入，这个国家的确不同寻常。

为我们一行开车的是一位来自巴基斯坦的司机。在与他聊天时，得知他已经在这里待了很多年，我问起他为什么愿意待在阿联酋时，他脱口而出的回答就是"安全"，还有就是这里的多元文化、多种宗教，他又说了自己的感受，说生活在这里觉得舒服。这位司机的感受在参访中得到了反复印证，许多当地的中国人、外国人都谈到了同样的判断。我发现，社会安全性、文化多元性成为描述阿联酋的两个重要关键词。访问中得知，在2017年世界经济论坛（WEF）的一份报告中，阿联酋在全球最安全国家排名中位列第二，而在另一份基于城市犯罪率的世界最安全城市榜单中，其首都阿布扎比排名第一。同年在法国一家市场机构发布的全球最受欢迎城市榜单中，阿布扎比排名第二。

一来到这里，就听说阿联酋的政府部门设置很独特，有幸福部、宽容部，听起来实在有趣。2016年2月，阿联酋副总统、总理、迪拜酋长穆罕默德·本·拉希德·阿勒马克图姆在其Twitter上宣布，阿联酋内阁中新设立"幸福部部长"（Minister of State for Happiness and Wellbeing）的职位，负责协调各项政策，提升全社会幸福感，更令人惊讶的是出任部长的是一位年仅 29 岁的女性。该部门的愿景是要把阿联酋打造成世界上最幸福的国家之一（To be among the happiest countries in the world），其使命是把幸福和积极性作为阿联酋的生活方式及政府工作的更高目标（To have happiness and positivity as a lifestyle and the higher purpose of government work in the UAE）。

与此同时，内阁中还设有"宽容部部长"（Minister of State for Tolerance）一职，现任部长也是一位女性，她同时还是扎耶德大学校长。在她看来，阿联酋的一切都显示了宽容（Everything reflects tolerance），而宽容意味着接受不同、享受差异（Tolerance is acceptance – accepting and rejoicing differences）。

在 2016 年的阿联酋总理"推特任命"中同时担任"青年部部长"的是一位年仅 22 岁的女性。如此年轻的女性出任一国的部长，迅速引起广泛关注，这也是我们此行在阿联酋听得很多的一个故事。仔细看看此人履历，的确是"学霸型"的人物！她是阿联酋第一位"罗德学者"，在牛津大学获得公共政策硕士学位，在纽约大学阿布扎比分校获得金融方向的经济学学士，从本科到研究生成绩都极其优秀，属于 Top 5% 范畴。毕业后在阿联酋主权财富基金、阿联酋驻联合国使团、阿联酋驻美国使馆等机构工作，堪称年轻的"老干部"。人才的优秀很不一般，但如此"不拘一格"地使用人才更是不一般，这也让同学们感慨良多。当然，对于我这个带队老师来说，多了一个很好的案例，告诉同学们要牢记使命，勤奋学习，追求卓越，服务国家。

二

在中建中东公司座谈时，企业负责人告诉我们，这里是"冒险家的乐园"，是"世界建筑试验场"，各种标新立异、造价极高的建筑都会出现。在我们访问期间，中建中东公司正在投标迪拜即将建设的一座高塔。为什么要修建这座高塔？理由很简单，要当世界第一！之前迪拜有一座哈利法塔，828米高，后来沙特阿拉伯修建一座千米高塔超过了它，于是迪拜决定要修建一座更高的塔超过沙特。此行我们多次问及此塔的具体高度，但没有一个准确的答案，唯一确定的就是这座迪拜新塔一定比沙特的那座千米塔要高。阿联酋的行为做派可见一斑！

此次在阿联酋参访，不时会见到各种大饼状、扭曲状、倾斜状等形状各异的建筑，映衬在蓝天与沙漠的背景下，异常耀眼。当然，还有造价超过50亿美元的阿布扎比清真寺，通体汉白玉加上极其奢华的黄金、玛瑙等装饰，令人叹为观止。

对于这些现象，刚开始我和同学们讨论，大家都认为是阿联酋的土豪作风与过度奢华，但经过几天的访问和讨论，大家又有了新的认识。特别是在与一位在阿联酋政府内任职的中国人会谈后有了更深的认识。他谈道，阿联酋的一个重要治国理念是"公关治国"。这里到处是沙子，但沙子不值钱，房子值钱，为什么？因为城市的奢华形象、前卫形象，吸引了全世界的资金流入。由此看来，阿联酋似乎善于通过形象驱动发展，把形象的软实力转化为发展的硬实力。

在迪拜，我们看到，2016年全球第一个使用3D打印技术建造的办公室，耗时17天，其样式很时尚、高科技，被认为具有未来办公

迪拜哈利法塔

参观阿联酋大学

与阿联酋大学学生合影

室的创新形式，而迪拜的目标是 2030 年用 3D 打印的建筑超过 25%。2017 年，迪拜道路与交通管理局宣布开始测试"空中飞的"——一种短时间飞行的载客无人机，希望使迪拜成为全球首个运营"空中飞的"的城市。当然，还有一些很"土豪"的举措，比如用昂贵的兰博基尼跑车当警车。

阿联酋是一个小国家，但此行中不断感受到这个小国家的大志向、大作为，强烈的国家意识渗透在各个角落，处处可见阿联酋的国旗、领导人的照片和语录。其领导人"追求第一、不做第二"的理念异常突出。

在访问中，有当地朋友看我对领导人的理念很感兴趣，就送我了阿联酋总理的两本个人专著 *My Vision* 和 *Flashes of Thought*。在书中，这位领导人就谈道："我们的国家也许小，但我们的人民是伟大的，我们的成就是惊人的。"（Our country may be small, but our people are remarkable and the feats we have achieved are amazing.）

访问阿联酋大学时，学校的专业接待水平令大家记忆深刻。从入校开始的合影拍照，到三辆电瓶车的贴心接送，到学校演播室的人物专访，甚至于我们还没有离开学校，我们到访的新闻已经上了大学的社交媒体主页，效率奇高！我注意到，学校道旗上清晰地宣示着学校的办学理念：创造、独特、创新、卓越、幸福（creativity, uniqueness, innovation, excellence, happiness）。这几个关键词很耐人寻味，仔细想来，这不仅是这所大学的理念，也是整个国家的理念。因此，在后来访问迪拜中阿卫视并接受采访时，主持人让我描述一下对阿联酋的整体印象，我的回答就是："incredible uniqueness。"

在行程中不断讨论，我们对阿联酋的感受逐渐清晰。这个国家极具特殊性，是矛盾的共同体：炫耀式发展与创新性发展并存，酋长制强势政府与国际化开放社会并存，伊斯兰宗教信仰与多样性世界文化并存。

三

此行访问了许多在阿联酋的中国企业，包括中建、中石油、中远海运、华为、温超集团、福建商会等，了解了这些企业对阿联酋社会现状的认识，也感受到了阿联酋给中国企业发展带来的机遇。

中建中东公司承建的棕榈岛酒店项目已经成为当地标志性项目，也成为国家品牌。企业建设的项目已经从"傻大笨粗"转向"高大精尖"。交谈中可以感受到，这些企业对阿联酋的发展前景都是乐观的，而对其国家管理、文化的特殊性也都有着共同的体会，这些企业普遍认为，阿联酋尽管是酋长制的伊斯兰国家，但其领导人深谋远虑，建设了一个非常开放的、国际化的市场，这对中国企业来说有许多机会。一个不约而同的现象是，每个企业都会对我们同行的清华同学发出邀请，希望有优秀的青年人才加盟，那种渴望人才之心非常强烈。

让我们一行惊喜的是，在中建、中石油访问时，遇到了多位清华大学校友。在海外见到清华人异常亲切，他们身上的气质很鲜明，就是那种务实、团结、专业的味道，而且充满了家国情怀。记得在中石油座谈时，有同学问一位90后的年轻女校友为什么愿意在中东地区工作，她的回答是，祖国终将选择忠诚于祖国的人。当这位年轻女生淡淡地微笑着说出这句话时，大家都不由自主地鼓起掌来。

我们给这些校友带去了学校新出的清华学人手札周历作为礼物，看到那些著名学人与美丽校园的图片，校友们又回想起在清华园的美好日子。

访问的最后一天上午10点，我们拜访了前中国驻阿联酋大使倪坚。大使很和善，他坐下来，请我先讲明来意。听我介绍了学校提升全球胜任力的战略部署和此行目的、调研情况后，大使对清华同学们此行给予了高度评价，认为这"有助于学生深入了解当今世界，开拓国际视野，具有积极意义"。大使介绍了阿联酋的情况，谈到阿联酋是中国在推进"一带一路"建设的重要支点国家，希望清华大学等国内一流学府积极开展对阿专题研究与交流合作，为深化中阿战略伙伴关系发展提供智力支持。与大使的交谈让我们意识到，"一带一路"倡议正日趋深入，但如何把这一倡议做广、做实、做美，还需要不断探索，需要更多青年人参与。

最有趣的是，大使本人对教育很感兴趣也很有研究，其间还特别让每位同学报了自己高考分数和名次，并结合自己的工作经历谈了分数与能力的关系，的确是一堂很生动的海外课程。会面结束时，已近下午1点，大使送我们一行离开时诚恳地对我说，如果下次再来时争取多留些时间，与年轻人多谈谈阿联酋的特殊魅力与发展机遇，希望有更多的优秀中国青年投身中东热土。

10天的行程收获极大，每天团队成员之间的 coffee talk、coach talk、conclusion talk 令人记忆深刻，正如清华大学校歌里所言"闻道日肥，无问西东"。我们认识了独特的阿联酋，看到了世界的多样与复杂，看到了中国的机遇与挑战，更看到了当代青年的使命与担当。

青年问题是国家战略问题，青年发展国家才有发展。走出中国看世界，站在世界看中国，正日益走近世界舞台中央的中国，需要有更多的优秀青年人真正地爱自己的国家、懂不同的国家，如此，大同爱跻，祖国以光，才能让中国成为更加美好的国家，并与他国一道建设更加和谐的世界。

📖 午夜中的设拉子

对当代中国青年来说，要掌握真正的全球视野而不仅仅是欧美视野，掌握真诚的跨文化尊重而不是对弱者俯视、对强者仰视的跨文化摇摆。为此，就要关注那些在主流国际传播中的边缘化存在，关注那些平日里很少了解的国家与文化。在与同学们商量访问对象时，我们选择了伊朗，这个在西方媒体中被描绘为混乱、落后、异端的国家，我们希望亲眼看看这个陌生的国度，还有古老而迷人的波斯文化。

一

2017 年 7 月 15 日，我和 12 名清华大学的学生访问了位于德黑兰的谢里夫理工大学。学校外事处负责人和几位教授接待了我们一行。在座谈会上，外事处负责人告诉我，之所以邀请这几位教授来，是因为我们的同学来自于化工、电子、建筑等不同专业，因此也就对应邀请了相关专业的教授。

在座谈会上，我们了解到了这所学校的基本情况，这所大学的历史不长，成立于1966年，现在有1万多名在校生；了解到了这所学校的使命，希望通过卓越的学术追求建设更加安全、美好的世界；了解到这所学校曾走出一位卓越的女性数学家米尔扎哈尼，她于1999年在这里获得数学学士学位，之后到哈佛大学读研究生并获得博士学位，2014年由于她对抽象曲面的研究而获得了菲尔兹奖，成为这个奖项近80年来首位女性获得者，也成为世界女性数学家的代表人物。在她看来，"真的有很多伟大的女性数学家正在做伟大的事情"。

在谢里夫理工大学的访问让我们感慨于这所历史短暂的大学培养的杰出人才，也惊讶于女性在伊朗取得的杰出成就。米尔扎哈尼就是在谢里夫理工大学结识了一些思维活跃的数学家朋友，发现了数学那种激动人心的魅力。然而令人唏嘘的是，当我们从谢里夫理工大学出来坐上车后，陪同我们前往的一位伊朗朋友拿出手机给我看了一条消息：米尔扎哈尼于当天（2017年7月15日）去世。当时的那种感觉难以言表，就像刚刚发现了一朵美丽的花，但转瞬就被雨打风吹飘散无影，留下的只是美丽的记忆。

在德黑兰大学，学校外事处负责人、孔子学院院长和几位同学一起与我们座谈。我们得知，这所大学建立于1934年，有4万多名在校生，而且居然有56个图书馆。更让我们惊喜的是，中文在这里受到的欢迎程度越来越高。孔子学院院长阿明的普通话非常纯正，清晰准确、字正腔圆。他说很感谢他的父亲让他学习中文，他在中国学习了9年，很喜欢中国，用了一个词"爱不释手"来形容他当年离开中国时的感情。

伊朗学生们在座谈时谈了各自选择学习中文的原因，比如有学生喜欢中国文化，有学生希望将来去中国做生意，还有学生希望将来到中国当大使。这些学生都仅学了2~3年中文，但能表达出自己的想法，很是不易。据介绍，现在伊朗全国高考排名第400名左右的学生已经选择中文专业作为自己的第一专业了。

有清华同学问这些伊朗学生读过哪些中文的著作，伊朗学生回答说"读过孔子的书"。有清华同学问学了中文在伊朗能做什么，伊朗学生回答说"可以帮助在伊朗的中国人"，比如曾经帮中国人找回被银行取款机吃掉的银行卡。伊朗学生们普遍反映，学习中文语法不难，难的是写字。看着这些伊朗学生纯朴、热情的面孔，我心里充满喜爱，当时就向阿明院长表示，请他今后推荐一些优秀的伊朗学生来清华读书。

二

选择到伊朗，还有一个重要原因，这里是古代丝绸之路的重要区域。在伊斯法罕，当我和同学们站在伊玛目广场时，想到这里曾经是古代丝绸之路的重镇，那种跨越时空的感觉很是强烈。中国和伊朗都是历史文明悠久的古国，2000多年前，西汉张骞的使节团来到伊斯法罕，两国人民便通过古代丝绸之路展开交往，波斯文明、安息古国对中国都有着很深的影响。

伊玛目广场很大，被称为世界之半广场，曾经是萨法维国王阿巴斯大帝（1588—1629年在位）检阅军队和观看马球的地方，联合国教科文组织也将这一广场列入世界遗产。站在这一广场上，可以深切地体会到"伊斯法罕，天下之半"的感慨。阿巴斯大帝希望伊斯法罕"如同一座充满华丽建筑的天堂，公园里花香四溢，为花园和小溪平添生气"，而这个广场则被誉为"润湿世界的花园"。广场四周有两座宏伟、壮丽的清真寺，堪称世界建筑精品，伊玛目清真寺以深蓝色为基调，卢特夫拉长老清真寺以奶黄色为基调，两个清真寺都有着跨度极大、挑高极大的穹顶，有着精细、鲜亮的花纹墙砖，有着体现当时工程技术水平的设计理念，让人走在其中，叹为观止。每每走进一个大殿，就会引来同学们一阵惊呼，实在太美了！许多同学为了拍摄壮丽的穹顶全景，都是躺在地上拍。还有许多同学购买了一些墙砖的复制品，说要回去点缀自己的房子。

在伊斯法罕广场，我们进行了一次有趣的课程作业，发放调查问卷，了解伊朗人对中国国家形象的看法。这个问卷是出发前在学校准备好的，10 道选择题，翻译成了波斯文，涉及关于中国经济、文化等方面的认识。在开始调查前，我们坐在一个茶馆里讨论，应该如何发放，注意哪些问题。许多同学还是忐忑不安的，因为不知是否会被拒绝，是否会引发当地人的不快。我也不是很确定是否能顺利完成，就与同学们说："尽力即可，不行就算了，被拒绝也是经历。最重要的是安全。"

同学们分成 3 组，要发放 100 份问卷。开始调查后的情况远远出乎我们的意料。在广场上，我们这组找到的第一位受调查者是一位坐在长椅上的女士。她看到我们几个人远远地走过来，就与大家微笑，很是友好。走到近前，我们拿出问卷说明来意，她也很愉快地拿出笔来回答，其间还会对一些题目的意思再追问一下。问卷完成后，她还

上图：波斯古国遗迹

下图：伊斯法罕清真寺

设拉子古城下遇见当地青年女性

提出与我们一起合影。

有了这个开端，同学们立刻信心倍增，迅速散开，有的同学拦住几个一起走过的小伙子，有的走进附近的商店里找店主攀谈，有的与路边晒太阳的人群共同商量，不到一个小时，我们这一组的问卷就填完了。

在伊斯法罕参观期间，不时会有伊朗人向我们打招呼，用中文说"你好！"或者用波斯语说"QIN！"，很是热情。有一个小伙子给大家留下深刻印象，他用流利的中文向大家打招呼，说现在在与中国做生意，也去过中国。他还介绍他的弟弟给我们认识，"不过他刚刚开始学习中文"！

坐在伊斯法罕广场的草地上，我和同学们买了一杯当地的水果饮料，很冰很甜，大家漫谈着此行的感受。一路走来，伊朗人的友好出乎意料，同学们经常被一些伊朗人拉住拍照，而且多是自拍。伊朗人的悠闲满眼皆是，草地上坐着满满的都是三五成群的伊朗人，有的是一家人，有的是几个朋友，安静祥和地聊着天。事实上，此行伊朗，最常见的就是这样聚集在一起的伊朗人，甚至到了深夜，街上还是热热闹闹、人来人往。这也让人看到了伊朗良好的社会治安。

三

来到文化之城设拉子，此前得知这里被称为夜莺之城、花园之城，听说著名伊朗诗人哈菲兹葬在这里。进了酒店，我惊奇地发现，居然每个房间里都有一本哈菲兹的诗集。诗集印刷精美，再配上艳丽的细密画（miniature painting），很是优雅，让人忍不住仔细翻阅玩味。同行的伊朗朋友说，在伊朗，再穷的家庭也有哈菲兹的诗集，许多人还会拿着自己写的诗去拜谒哈菲兹的陵墓并大声朗读，那种浓浓的文化味溢于言表。此行，我也买了一本哈菲兹的诗集，是波斯文与古英文版本，翻阅起来，宛如艺术品。

记得有一天，紧张的行程结束之后，我和同学们照例聚在一起，坐在位于市中心卡里姆汗城堡的城墙下一起讨论交流一天的参观体会，并进行第二天实践活动的专业分享。有趣的是，已经临近午夜12点，还有许多伊朗人不时走过身边，而且有人还要与我们合影。最有意思的是一群小姑娘，看到我们坐在这里，都举起手机拍照。走过去不久，又退回来找我们要一起合影。

此行伊朗，让我们看到了波斯文明的风采，如同牛津大学历史学者彼得·弗兰科潘在其著作《丝绸之路——一部全新的世界史》中所言，"发展出了完全可以与欧洲文化繁盛时期相媲美的视觉艺术"，形成的是"一个自信、求知以及越来越国际化的文化环境"，当伊斯法罕的教士向波斯国王呈上波斯文译本的《旧约·诗篇》也会受到热情接纳，"展现出波斯人不断增强的宗教宽容和文化自信"。

此行伊朗，让我们看到了千年以来古丝绸之路带给中国文明与波斯文明之间的交融，比如今天中国人吃的"石榴""葡萄"等就是当年由波斯传入的，而波斯语中"茶"的发音与中文非常接近。更重要的是，我们看到了今天的伊朗人真实的精神面貌、生活状态与他们对中国的热情，尤其是看到了许多可爱的年轻人，让同学们回味无穷。

在访问伊朗国会时，一位议员在与我们一起座谈时说，许多人以为在伊朗没有吃的还要带罐头、没有汽车还要骑骆驼。他是当作笑话来说的，未承想，我们一位同学当即回应说："议员先生，我就带了罐头来",引来全场人大笑。那个掌声、笑声的场面很热烈,也难以忘怀。

四

回到清华后的第二天,我和同学们一起请伊朗驻华使馆的科技参赞尤色夫吃饭,感谢他对我们的帮助。参赞坐下来,一开始就说起谢里夫理工大学,说起刚刚去世的米尔扎哈尼,惋惜之情难以抑制。他很希望清华大学与伊朗的大学加强联系和合作,认为中、伊都是文明古国,都是发展中大国,中国现在发展很快、变化很大,伊朗也在加速发展。2016 年两国最高领导人在德黑兰会晤,提出建立全面战略伙伴关系,尤其科技教育领域的合作空间很大。

此外,就在见到尤色夫参赞的当天,中国驻伊朗大使馆文化处也给我们发来一条新闻:伊朗通讯社对我们此行去伊朗访问进行了专门报道,还配发了图片。

在此次访问伊朗期间,读到一本介绍伊朗的旅游手册,首页上的第一句话就是:"如果路上的惊喜是你旅行最大的意义,那伊朗也许是这个世界上你最应造访的国度。"刚开始读到这句话没有什么感觉,随着在伊朗旅行的深入,对这句话的体会越来越深。

在中国越来越接近世界中心的时代里,中国的青年人更需要具备全球胜任力。什么是全球胜任力?这一路走来,同学们一直在讨论,并且总结了十几条具体标准。这其中,同学们认为,最重要的是了解真实的全球!在这个由少数国家强势媒体描绘的世界里,我们知晓的、想象的世界太有限、太偏颇了!如同午夜时分的设拉子城下的那一幕，非亲身经历绝无可能想象。只有用自己的脚来丈量，用自己的眼来观察，用自己的脑来思考，我们才能把握一个真实的世界。

当然，我也告诉同学们，完全的真实很难完全地实现，但走进不同的世界，见到许多的不同，理解许多的不同，一定能渐渐走进真实的世界。

奥黛、咖啡与胡伯伯

在越南访问的第一次会谈是在河内与一位越中友协负责人进行的，他曾在越南驻中国大使馆工作多年并担任高级官员，他告诉我，越南和中国是近邻，两国理想相同、文化相通，但两国之间的不了解现象依然存在，我在访问中见到许多曾经在中国留学的越南青年，他们很喜欢中国，也都希望有更多的中国青年来看看越南，更多了解越南。

访问越南之前，为了了解这个自己并不熟悉的国度，我专门买了一本孤独星球（lonely planet）系列介绍越南的书，在书的封底，曾经游遍越南每个省份的作者说："越南是一个拥有壮丽自然美景以及独特文化遗产的国度，这儿的一切都将让你迅速着迷。"

越南的独特文化遗产是什么呢？在越南期间的参访、体验与讨论中，我逐渐发现了三个有趣的文化内容。当在越南访问的最后一天晚上，即将离开胡志明市时，与当地一位大学校长会面，我提及了自己作为一个外国人对越南的三个突出文化内容的感受，以征求他的意见。记得当他听我说了这三个关注点时，先是愣了一下，之后立刻点头表示赞许，并且在谈话中又再次主动提及，认为很有道理。

一

奥黛是越南女性的民族服装。这一服装有着数百年历史，但又在当代相当普及；这一服装不仅在普罗大众中流行，也被精英人群所喜爱。在越南的旅行中，不论是机场还是酒店，不论是街头散步还是公务活动，随处可见当地女性穿着这一服装，差别只在于质地、样式、颜色。

奥黛的设计很好地兼顾了审美与功能的统一，既凸显了东方女性的审美取向，又保证了日常生活的便利进行，同时具有优雅感与灵活性。穿着奥黛可以出席晚宴，同样，穿着奥黛也可以骑自行车，其不同只在于前者更精致些，后者更朴素些。

奥黛也兼顾了稳定与创新的统一，基本样式的稳定与细节创新的活跃使得这一服装可以满足各类设计者的创意野心、不同女性的爱美之心。在参观一处奥黛博物馆时，可以看到奥黛从 17 世纪以来的演变历史，更可以看到中国式奥黛、日本式奥黛、菲律宾式奥黛等，体现了奥黛对不同民族服饰的吸收改进。有趣的，看到对奥黛的设计理念介绍中，特别强调奥黛的演进是基于阴阳理论来平衡传统和现代的。（According to Yin and Yang theory "Together they evolve, evolution leads to decentness, decentness helps it last forever" and so it has been with the evolution of Ao Dai, balancing tradition with modern fashion trends through time.）

更重要的是，在越南访问期间，能感受到政府对奥黛的提倡与民众对奥黛的热爱。在很多高中，女生的校服就是白色奥黛。在街头，经常可以看到奥黛专卖店。在商业中心乃至高层商务建筑里，会有奥黛展厅。在大城市，会有年度奥黛服装节和奥黛选美活动。而听当地人说起奥黛来，不论男性还是女性，长者还是青年，官员还是民众，都充满了由衷的喜欢。那种全民对自己民族服装的热爱对于外来者具有很强的感染力。

奥黛作为越南国家文化形象的鲜亮载体，在日常生活中展现着民族文化底蕴，在现代发展中传递着民族文化气质。事实上，奥黛已经成为越南设计与文化的一个标志（a symbol of Vietnamese design and culture），成为越南民族自豪感的一个标志（a symbol of pride for Vietnamese）。

二

咖啡是越南的又一特色。走在街头，用"满城尽是咖啡馆"来形容并不过分，这给初来这里的访问者带来的惊讶感是极大的。孤独星球系列介绍越南的书上也说，"在越南，咖啡文化早已深入人心。事实上，每一个城镇（以及大多数村庄）的每个住宅社区都有一处小咖啡馆，当地人到这里来化解来自工作、家庭或仅仅是交通的压力"。

对于外国访问者来说，咖啡馆的确也是化解旅行疲劳的好去处，以及填补公务活动空白的好选择。在越南访问期间，似乎受了当地人

上图：奥黛博物馆

下图：街头咖啡馆，越南冰咖啡

感染，我们基本上天天都会去一家咖啡馆，即便离下一次公务访问的时间只有半小时，也会走进一家咖啡馆小酌一杯。当然，这也是因为客观上的便利，因为举步皆是咖啡馆。

可能是由于太日常化了，越南的咖啡馆大多并不奢华，没有过多装修，但这些咖啡馆都会比较安静，户外与室内颇多绿植，加之一些越南风情的轻装饰，营造了浓郁的沉浸氛围。在越南喝咖啡，给我印象深刻的是常常加入炼乳和冰块，滴漏的咖啡会从上方壶里滴入下方杯里的炼乳上，一点一滴，咖啡色与白色逐渐渗透融合，之后经过搅拌，再加上透明的冰块，就成为了一杯典型的越南冰咖啡。必须说，在炎炎夏天的旅行中，这确实是最佳饮品。

与对奥黛的热爱一样，越南人对咖啡的热爱也是强烈的。当地人告诉我，越南人喝咖啡可以是"全天喝、随时喝、深夜喝"，早上起来就喝，到了晚上约朋友见面或睡觉前还会喝，有的人甚至把咖啡当作水喝。一天夜里10点多，当地朋友陪我在胡志明市的街头散步，眼见得人山人海，街心广场上许多人席地而坐，很是休闲，街边的咖啡馆里也是人头攒动。朋友特地给我指了一处商业楼，从不同窗口的霓虹灯标志可以看出都是不同的咖啡馆，居然有十余家之多，如此密集，如此兴旺，令人叹为观止。

喝咖啡成为越南人的一种生活方式。在咖啡馆里，大家或闲聊，或欢聚，生活气息十足，人情味十足。记得一次在一家咖啡馆里，我注意到喝咖啡的都是男性，就随口问起来原因，陪同的一位当地女士说，越南女人都很勤劳，都在外面忙碌，越南男人最喜欢在咖啡馆里待着，一杯咖啡坐半天。我问这些男人坐在咖啡馆里聊什么呢，女士回答说在聊大事啊，看我一脸疑惑，这位女士戏谑地说："越南男人不愿做小事只愿做大事，天天坐在咖啡馆里聊大事。"引起满堂哄笑。在笑声中，我慢慢地、一字一字地说："一生喝着咖啡想做大事的越南男人。"于是乎，大家笑得更开心了，那笑声在咖啡馆里弥漫了许久。

三

胡志明是越南的开国领袖，在越南享有崇高的声望，越南人包括海外越侨常亲切称呼他为"胡伯伯"，如同家人一样亲切。在河内参观胡志明纪念堂时，看到纪念堂外的标语上写着："胡志明主席永远活在我们心中"，纪念堂内的墙上写着胡志明的语录："没什么比独立自由更可贵。"

人们排着长长的队伍，有秩序地缓缓地向前移动。特殊的是，参观通道分成两道，一道给成人，另一道给孩子。由此可见纪念堂对青少年参观者的重视。当天，大量的孩子们也在一同参观，我问了问，多是小学生。进到纪念堂里参观胡志明遗体时，也是分两道，小孩的一道在里边且专门给加高了台阶。穿着制服的士兵们认真维持着参观队伍的秩序，并不刻意威严，自然友善伫立，还会向参观者微笑示意，也会帮助老师整理孩子们的队伍，不时示意戴帽子的孩子们要摘掉帽子再进去。

在参观河内的胡志明故居时，参观者之多用摩肩接踵来描述毫不夸张，其中同样有许多孩子。讲解者说，这里原来是法国总督府，越南独立后胡志明住到这里，觉得房子太豪华，就以主体大楼做官方接待之用，自己则住在了原先厨师住的小平房里，之后又搭建了简易的高脚楼长期居住。胡志明无妻无子，一生极其俭朴，现场的陈设就是当年的生活场景，简单到极致，不禁感慨其生活之纯粹。

胡志明在越南的影响是巨大的。胡志明市原先的名字是"西贡"（Saigon），是越南最具国际化、商业感的城市，被称为远东"小巴黎"，后来为了纪念胡志明就改成了现在的名字。在胡志明市有一处胡志明博物馆，附近是 1911 年胡志明出国流亡时离开的码头。在这个博物馆里，介绍了胡志明从童年开始的生平，还有一些胡志明的个人用品，比如衣服、眼镜等。在这里参观时，也恰巧碰到许多小学生。老师带着学生们进来展厅后，不是走马观花，而是学生们席地而坐听老师讲解胡志明的故事。那么炎热的天气里，在没有空调的屋子里，看到小朋友们挤得满满的，老师讲得热热的，很令观者动容。

从河内到西贡，从胡志明纪念堂到胡志明故居再到胡志明博物馆，看得出来，在越南，对胡志明思想和文化的全民教育是从娃娃抓起的。胡志明思想在越南已经成为重要的历史遗产与民族共识。因而，胡志明文化是越南文化中的又一个突出内容。事实上，在许多越南人家里有两个神台，一个拜祖先，另一个拜"胡伯伯"。巧合的是，胡志明的忌日也恰好是越南的国庆日（9 月 2 日）。在越南许多政府机构办公室里，都挂着胡志明的语录"没什么比独立自由更可贵"，而他的许多名言，比如"团结团结大团结，成功成功大成功""有才无德是无用，有德无才做什么事都难"等，已经为许多普通越南人铭记并践行。

在越南逛书店，我买到了一本论述胡志明思想的专著。全书分 3 部分：胡志明思想的起源、形成与发展，胡志明思想的基本内容，胡志明思想继续指引越南革命事业。书中开篇讲到胡志明对越南革命事业做出伟大贡献，对世界共产主义运动、工人运动和民族解放运动做出重要贡献。结束部分谈到要坚持和发展胡志明思想推动越南的民族独立和社会主义事业。当然，书中主体部分也是最有趣的是对胡志明思想内容的阐释，认为胡志明思想受到了马克思主义、儒家文化、三民主义以及基督教文化等的共同影响。为此，书中还引用了胡志明的一段话来证明："孔子、耶稣、马克思、孙中山具有同样的追求，是这样吗？他们都在为全人类追求幸福。如果他们今天仍然活着且坐在一起，我相信他们会非常和谐且成为亲密的朋友。我会成为他们的谦卑的学生。"（Confucius, Christ, Marx, Sun Yat-sen shared common points, isn't that so? They are all in pursuit of happiness for mankind and welfare for the society. If they are still alive today and sit together, I believe that they would live together in perfect harmony as close friends. I'm trying to be their humble student.）能够设想孔子、耶稣、马克思与孙中山坐在一起，的确是有巨大的想象力，体现了独特的开放性。

四

在越南访问期间，我发现许多当地人对中国语言与文化的热情与能力，在河内国家大学、越南国家社科院等地都能遇见中文很流利、对中国很了解的越南学者，在日常聊天时得知，当地人喜欢中国的电视剧《渴望》，喜欢《西游记》。一天晚上，在胡志明市的街头，我就看到了当地人扮成孙悟空在街头与游客拍照嬉戏。据说，越南的电视台里随时打开都能看到中国电视剧，比如当地人告诉我的一些中国电视剧，当时我都没有看过。

小学生们在胡志明博物馆内上课

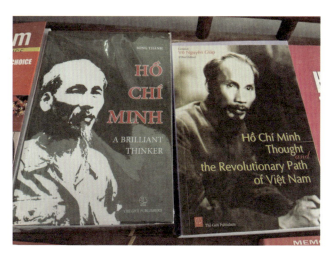

讲述胡志明思想的图书

越南的语言经过了使用汉语、喃字与拉丁字母的阶段，17世纪初西方传教士使用拉丁字母拼写越南语，越南文逐渐拉丁化，成为今天的越南国语。不过，根据越南语言学家的研究，现在的越南语词汇中借用汉语的达到60%以上，这些词以汉越音为读法，被称为汉越语。这一读音是基于中国唐代汉语的古音，为了适合越南语音调整而成的读音，并在公元10到11世纪稳定下来的。

有趣是的，当地人认为唐诗用汉越语朗读更好听。从历史上看，在越南，受过良好教育的人对汉语的掌握程度是很高的，而且会把吟诗、作诗作为一种高雅的乐趣。比如，胡志明就会作诗，他在1942—1943年坐牢期间用中文写了《狱中日记》诗集，其中有100多首诗。此次访问越南期间，读到一首胡志明的诗作《看〈千家诗〉有感》：

> 古诗偏爱天然美，
> 山水烟花雪月风。
> 现代诗中应有铁，
> 诗家也要会冲锋。

全诗读来，不但流畅押韵，而且意味深长，很体现作者的革命浪漫主义气质。

在现行的越南中学语文教科书中，收录了数十篇中国作品，其中诗歌部分以唐诗为主，主要是李白和杜甫的，小说部分主要是鲁迅的，还有《三国演义》篇章，主题是对自然、祖国、家乡和美德的歌颂。

在越南，对儒家思想的认知度和认同度很高，河内的孔庙也是人气很旺，而且对参观者的衣着有要求。越南人同样遵守二十四节气，也过春节，日期与中国是一样的。在河内大学孔子学院访问时得知，该校中文系每年招收 300 名学生，还不能满足学生需求，因而有学生来孔子学院兼职以获得学习中文的机会。一些越南年轻人告诉我，相比其他国家的外国学生学习中文，他们理解中国的成语典故、语言背后的思想和文化要快捷、简单得多。

访问中得知一位越南人阮山（中文名字是洪水）的特殊经历。他早年留学法国，结识了胡志明、周恩来，之后参加了中国革命包括红军长征，被授予少将军衔，成为新中国开国将领中唯一的外籍将军。同时，他也参加了越南革命抗击法国侵略者，同样被授予少将军衔，毛泽东、胡志明对阮山都很器重。因而，阮山成为少有的"两国将军"。此次访问期间，就有越南人士很希望能把他的极具传奇性的故事拍成影视作品。

一路走来，深感中越之间如此紧密的历史与现实交织点，如此繁多的文化与社会共同点，鲜活体现了两国"理想相同、文化相通"，与此同时，越南文化中的独立意识与独特魅力也极其突出，其中，奥黛、咖啡与胡伯伯，无疑是最鲜明的。

神牛节的快乐

尼泊尔是中国的邻居。但或许是因为中国与尼泊尔之间隔着高高的喜马拉雅山，或许是因为尼泊尔太小了，且三面被印度包围，这个紧挨着中国的国家对许多中国人来说却是陌生的。当我和三位研究生一道走进这个"陌生的邻居"后，有了许多的发现。

一

临行前，我们专门拜访了时任尼泊尔驻中国大使利拉·马尼·鲍德尔（Leela Mani Paudyal），希望听听他对此次访问的建议。鲍德尔大使在大使馆热情接待了我们师生一行，对这次纯粹的民间文化交流表示了很浓的兴趣和很大的支持。当听我介绍完此行的意图和初步设想后，他对中尼文化交流历史和现状做了详细介绍。

尼泊尔的蓝毗尼（Lumbini）是佛祖诞生地，公元前600年左右，佛祖释迦牟尼在这里出生。公元406年，东晋高僧法显就曾到访过迦毗罗卫国，其原址就在现在的蓝毗尼。之后，著名的唐朝高僧玄奘也来过这里。在法显访问迦毗罗卫国的同时，一位释迦族人、迦毗罗卫籍的僧人佛驮跋陀罗（觉贤）也来到了中国，大约于公元406年到达长安（今西安），后又到建邺（今南京），其间弘法并翻译了许多佛经。元朝期间，一位尼泊尔的工匠阿尼哥来到北京，设计了许多佛教建筑，现存的北京妙应寺白塔就是阿尼哥所设计的。当然，还有尼泊尔的尺尊公主，她嫁给了西藏吐蕃王朝的赞普松赞干布。

大使介绍时兴致勃勃，情绪饱满，滔滔不绝，我们只能偶尔插上几句话。当然，对我们来说，这些信息都是很新鲜也是很重要的，让我们了解了尼泊尔之于中国的特殊历史文化意义，也对此行有了更多期待。

大使在介绍中说，200多年前，尼泊尔国王们不允许英国基督教的传教士留在尼泊尔，避免西方通过文化征服尼泊尔，因此西方国家从未能战胜喜马拉雅山边这片土地上的人民。然而，一些西方学者对尼泊尔有一定偏见，写了许多关于尼泊尔的书籍，认为尼泊尔的政治、经济都存在问题，不可能成为有影响力的大国。这些书籍对尼泊尔的国际形象产生了一定的负面影响。

大使认为，尽管尼泊尔是一个小国，但尼泊尔有着独特而丰富的历史、文化、宗教。因此，希望中尼两国能够在两国领导人的倡议下，在当今时代增加多样的青年交流，特别是学术和文化交流，让两国的年轻人能够了解并理解对方的历史、文化、宗教、社会、经济等内容，从而在两国人民之间建立真正深厚的友谊。

会谈结束后，大使还意犹未尽，临时打电话给秘书，给我们拿来蓝毗尼、博卡拉（Pokhara）等地的风景画，一张张给我们讲解，建议我们此行一定要去看。如此热情，让我们此行尼泊尔有了一个温暖的开端。

从尼泊尔驻华使馆回到清华大学，我找来玄奘的《大唐西域记》，果然找到了当年访问的记载。在书中，迦毗罗卫国被称为"劫比罗伐窣堵国"，这是梵文 Kapilavastu 的音译。该书对 1000 多年前玄奘访问尼泊尔时看到的情况有着详细记载，其中对当地气候、民风的描写是"气序无愆，风俗和畅"。评价很高，令人对此行平添向往。

二

到达加德满都的当天，当地朋友告诉我们，这天恰好是尼瓦尔族的神牛节，非常热闹。这一消息令我们很是高兴，所谓"约不如撞"，如此难得的文化体验，一定要去看看的。于是，我们一行在完成了当天的两个访谈任务后，直奔巴德岗杜巴广场（Bhaktapur Durbar Square）。

尼泊尔素以"节日之国"著称，据说全国性的节日有 300 多个，政府规定放假的节日就有 50 多个。这么多节日，缘于尼泊尔有上百个民族，每个民族都有自己的节日。

在神牛节这一天，据说亡灵可以跟随神牛顺利进入地府。于是，凡是家里在过去一年有亲人故去的家庭，都会来参加这一节日活动。有趣的是，尽管是为了故去亲人的纪念活动，但采取的形式却是热烈的棍舞、狂欢与游行。而且，即便家里没有故去的亲人，许多人也会参与这一大聚会，或唱或跳，或看或笑。

那天赶到巴德岗杜巴广场附近时，已经是下午5点。眼见着越接近广场，人越多，直至最后车子动弹不得。于是，我们下车步行。

走着走着，身后传来巨大的喧嚣声。扭头一看，正是个游行的队伍。在队伍中最显眼的是一根高高立起的柱子，柱子顶上有一把蓝色的伞，伞下缠绕着明黄色的丝织品，再往下挂着一个神像，在柱子底部则有一位老人的照片。游行队伍中基本是年轻人，有人拿着钹，有人拿着鼓，更多人拿着棍子。游行的人群边行进，边敲着钹与鼓，边拿棍子互相敲击，还会随着节奏喊着号子，好不热闹。

巴德岗的历史可以追溯到公元12世纪，从14世纪到16世纪这里都是尼泊尔的首都，因而巴德岗广场拥有数十座寺庙、宫殿、宝塔、神像等古代建筑，极具历史感。1929年，有英国的旅行者说，"巴德岗杜巴广场在许多国际旅行者心目中具有极高的魅力，被认为是值得用全球旅行的一半路程来访问的目的地"。1979年，巴德岗杜巴广场被列为世界文化遗产。遗憾的是，在2015年加德满都地区大地震中，许多建筑都遭到了严重损坏乃至坍塌，现在来到广场上，看到的依然是破损严重的古建筑群。

不过，欢庆神牛节的巴德岗杜巴广场没有给作为外国游客的我们太多时间去感慨，因为实在太热闹了！此起彼伏的音乐声、口号声，一队队游行的人群，杂耍艺人的表演，还有穿插其间的摊贩，所有庙宇、宫殿边都坐满了人，即便破损的只剩下基座的建筑上也满是人群。身处其中，宛如置身中国春节的庙会，又像是来到盛大的城市嘉年华。在现场，我和同学们之间都只能用喊叫声来说话。

后来，直到我们爬上了一个坍塌庙宇的台阶顶上，才得以安静地观察这个欢乐的场景。那些游行队伍中跳舞的青年人，兴奋地叫喊着，使劲地敲击着棍子，满头大汗，脸庞上绽放出红亮的光芒。那些在旁边观看的人群，多是妇女、老人，穿着鲜艳的衣服，或微笑注视着广场欢快的人群，或彼此聊着天，脸庞上也是喜悦的神色。

走出广场时，天渐渐黑了下来，原以为人会越来越少了。未承想，往广场里来的人居然越来越多，我们逆向而行，真是"进来容易出去难"，以至到后来我们被挤在人群中寸步难行。尽管如此，现场的气氛感染了我们，大家被挤在那里并不着急、生气，还有同学居然极其困难地拿出手机给大家自拍了一张拥挤照。照片上的我们被紧紧地挤在那里，但每个人脸上都露出快乐的笑容。看来，在尼泊尔的第一天，就被这里的快乐感染了。

后来，从当地的报道中看到了更多神牛节的欢庆场景。据说，尼泊尔人每年要花三分之一的时间准备各种节庆活动，这在世界范围内也是罕见了。

三

此行在尼泊尔，见到许多当地人，一个突出感受是：许多人洋溢着快乐感。第一天去机场接我们的年轻司机，当看到我们时，立刻露出了灿烂的笑容。之后的几天里，他陪我们在加德满都市内活动时，总是带着微微的笑容。而且，我和同学们都认为，他的眼睛异常清澈。

住在加德满都的酒店里，每天吃早饭时，我注意到，两个女服务员会站在门口微笑着聊天，语速不急不缓，但连绵不断，似乎有说不完的话。不过，她们聊天并不影响服务，当我提出任何示意需要帮助时，她们中的一人都会迅速来到我的面前，之后再回去聊天。第一天

神牛节的观看者

如此，第二天如此，以后每天都是如此，但客人不会有任何不舒服的感觉，反而会觉得很自然，这促使我在想什么是好的酒店服务，到底是标准化的服务程序好，还是自然而然的服务状态好。酒店里负责煎蛋的服务男生也总是面带微笑，很耐心地帮助客人挑选食材。但是，一旦没客人了，他就会离开工作台到屋子里坐下。

更有意思的是，我们约了一位加德满都当地的青年人陪我们到博卡拉、蓝毗尼走几天，在出发当天接上这位青年人后，他上车后问的第一句话是："我们到哪里去？要去几天？"换言之，他在不知道具体行程的情况下，拿起行囊就跟我们上路了。在知道了行程安排后，他才拿起电话来与家里联络，告知这几天不回家了。这不禁让我们感慨，尼泊尔人的生活态度好随性。

这个尼泊尔青年会中文，爱聊天，一路上与我们聊了许多。当我们问起来为什么见到的尼泊尔人都很开心时，他笑嘻嘻地拖着长音说："我们尼泊尔人没有压力啦！"之后，他详细地描述了他看到的中国人的压力：有了孩子要上好小学，小学毕业要上好中学，中学毕业要上好大学，大学毕业还要找个好工作，找了好工作要结婚，结婚后还要买房子，买了房子后又要生孩子……

他的这番描述让我们一行都大笑起来，笑声之大似乎可以掀翻车顶，大家都觉得很是形象。但笑后，又觉得有些无奈与苦涩。之后，我反问道："尼泊尔人难道没有压力？"他的回答是："我们尼泊尔人只要每天有饭吃就好了。快乐最重要！"他似乎很懂得中国人的饮食习惯，打趣说，中国人是"早饭要吃饱、午饭要吃好、晚饭要吃少"，而尼泊尔人的口号是"早饭要吃饱、午饭要吃饱、晚饭要吃饱"，又引得大家大笑不止。有这么一位快乐的尼泊尔青年陪同，说说笑笑，

释迦牟尼诞生地

一路确实开心许多。

　　在蓝毗尼访问时，当地的一个青年人陪同我们去迦毗罗卫国遗址。在路上，得知他曾去过中国，问及感受，他说，他觉得中国的风景很美，历史很悠久，经济发展也好，可就是感觉中国人压力太大了。

　　后来，在旅途中，我们与许多尼泊尔当地人都讨论过发展与快乐的关系问题，有了许多有趣的讨论，这也成为贯穿此次尼泊尔访问中的重要话题。

四

　　尼泊尔的国民以信仰印度教为主，信奉的神灵数以千计，堪称"众神之国"。一个典型的例子是，在尼泊尔，黄牛是神圣的，甚至可以说，黄牛就是神的象征。此行中，我们经常在街上可以看到三三两两的黄牛或踱步或静卧，汽车、行人一律让道。1962 年，尼泊尔政府正式规定母黄牛为"国兽"，不得宰杀与伤害，如果发生伤害，即使是行车事故，也会被追究法律责任。而这种对黄牛的崇拜，正是源于印度教的影响。

尼泊尔的宗教信仰是多元的、包容的。尽管印度教信众占据 80% 以上，但对佛教也很尊重，释迦牟尼也是主要的神灵之一，是印度教三大主神之一毗湿奴的第九个化身。同样，佛教也把毗湿奴作为自己的护法金刚。在许多建筑上、装饰上都能看到印度教与佛教的神灵共同存在。在尼泊尔，很多人既信仰湿婆神，也供奉释迦牟尼。宗教的融合与宽容在尼泊尔得到了很好的实现，因而也很少有宗教冲突。

尼泊尔的宗教信仰是神圣的、虔诚的。尼泊尔国民朝拜库玛丽（Kumari）"活女神"的风俗从 17 世纪开始就十分盛行，库玛丽从信奉佛教的释迦族小女孩中选择，据说选择的标准有 32 项之多，包括年龄四五岁、出身清白、浑身无伤、五官端正、秉性温和、胆大超人等。不论当年的国王还是现在的总统，都要亲吻她的脚以示尊崇。在加德满都杜巴广场，"活女神"每天会在库玛丽庙三层窗口定时出来见大众。记得在我们等待见面时，当地管理人员严肃叮嘱，反复要求，不许拍照。小小的庭院里，站满了不同国家的人，大家都自觉收起了相机、手机，翘首看着楼上的窗户。果然，"活女神"如期出现，如同画片中的一样清丽。但是，人群中突然出现骚动，"活女神"也瞬间从楼上窗口消失。原来是楼下有人在拍照，而当地管理人员则迅速把拍照者拦住。

由于蓝毗尼是佛祖诞生地，每年吸引大量信众、游客前往参访。

尼泊尔邀请各个国家在蓝毗尼共同修建了国际佛教园。此行中，我们在中国修建的中华寺里住了两天，也算是难得的体验。中华寺的建筑风格非常恢宏，门口有玄奘法师和本焕法师的全身塑像。寺里的负责法师在会谈时说，这里是中国佛教协会在海外唯一直接管理的寺庙，通过这个寺庙，开展中尼之间佛教界的交流活动。我们参观了德国、加拿大、韩国、斯里兰卡、缅甸、泰国等国家的寺庙，的确风格不一，共同的佛祖，不同的文化，体现了佛教文化与不同民族文化的融合。而就在我们访问蓝毗尼期间，恰逢第四届环孟加拉湾多领域经济技术合作组织（BIMSTEC）峰会在尼泊尔召开，南亚和东南亚的 7 个国家领导人开会，其中有领导人就专程前往蓝毗尼参访。

在尼泊尔，从生老病死到数不清的节日，都与各种神灵有关。家长每次过节都要给孩子带上手绳、项链来表示祝福。我们去了加德满都一个青年人家里做客，他的父母特别热情，给我们讲了许多与宗教信仰有关的风俗。而这些风俗，成为维系家庭感情的重要方式，这位青年表示，这些风俗体现了家庭成员之间的相互关心，尽管有的形式看起来有些烦琐，但自己很愿意接受。

加德满都帕苏帕蒂纳特寺（Pashupatinath）是一座有着 1500 多年历史的印度教圣地，寺庙附近是巴格玛提河，河边有许多用于焚化尸体的石砌平台。在参观时，我们看到一具具尸体被烧掉后连同炭灰一道扫进河里，台子上清清爽爽，一尘不留。而周边的人群熙熙攘攘，小孩子还跳到河里游泳，这让人对尼泊尔人的生死观有了直观的认识。

在加德满都，我们见到了尼泊尔前驻华大使坦卡·普拉萨德·卡尔基（Tanka Prasad Karki）。卡尔基曾于 2007 至 2011 年担任尼泊尔驻华大使，现任尼泊尔共产党中央委员、尼泊尔共产党知识分子协会主席。在中国工作和生活的 4 年间，卡尔基对中国政治、经济、文化等方面进行了深入了解，并产生了深厚感情。卸任回国之后，卡尔基仍然牵挂着中国，积极为促进中尼友谊奔走。

交流时，同学们也问到了宗教在尼泊尔人生活中的作用，是否因为有了宗教所以很快乐。卡尔基的回答很有意思，他首先反问同学们有没有看过毛泽东与李银桥的一段对话。这一问却是把大家问倒了，未曾想在异国他乡有人会问这样具体的问题。我说是不是在陕北期间李银桥说看庙是迷信而毛泽东说是文化的那段对话，卡尔基听后高兴地拍大腿说就是的。然后，谈起了他对宗教的认识，尽管宗教中的许多内容是"半真实"（half-true）的，但宗教是文化，是哲学，也是一种生活状态。

卡尔基特别提到，对于中尼之间的人文交流，佛教文化是共同的基础，应该扩大化，也可以多样化。这让我想起在蓝毗尼中华寺借宿时，临走前我特意感谢寺中法师安排我们师生的食宿，法师说："你们对文化传播有大使命，教授带着学生们远道而来，天气这么热，条件这么差，还愿意住下来，功德很大。我对你们很钦佩，寺庙做些力所能及的事情，希望对你们有帮助。"

五

尼泊尔除了神灵多，雪山也多，因而被称为"雪山佛国"，在尼泊尔境内，超过 8000 米的高峰就有 8 座。在加德满都附近，就有一处地方纳加阔特（Nagarkot）被称为"喜马拉雅观景台"，在这里可以看到 20 余座雪峰，包括珠穆朗玛峰等 6 座 8000 米以上的高峰。

在从成都飞往加德满都的飞机上，由于提前做了"功课"，我坐在飞机右边靠窗处，一直盯着窗外等待珠峰的出现。终于，飞机广播即将开始下降时看到了期待已久的珠峰。那种近在咫尺、几乎平视的角度，让神秘珠峰的壮美一览无余，极富冲击力。从想象到看见，从仰视到平视，真实的美丽更加有穿透力。有趣的是，航班上的空乘也挤到窗口来看并啧啧称赞，显然，珠峰之美的吸引力是巨大的。他们告诉我，只有这个时刻的航线、这个角度才能看到珠峰，而且天气不好时还看不到。

珠穆朗玛峰位于中国和尼泊尔之间，两国人民对这座世界最高峰都有着特殊感情。在 20 世纪 60 年代两国进行边界谈判时，如何划分珠穆朗玛峰归属成为一个焦点问题。1960 年，周恩来总理在加德满都举行记者招待会时，在场的美国记者拿着中尼两国分别出版的地图，指出两国边境在珠穆朗玛峰这一段的画法不一致，并提问是否今后由中尼两国来平分这座山峰。周恩来总理回答："无所谓平分。当然，我们还要进行友好的协商。这座山峰把我们两国紧紧地联结在一起，不是你们所说的把我们两国分开！"后来，两国领导人从两国世代友好出发，共同决定让边界线从珠峰峰顶通过，顺利签订中尼边界条约，这也让珠峰成为中尼友谊之峰。

在博卡拉访问期间，因为适逢雨季之末旱季之始，天气还是不时有雨，无雨时也有雾，始终无缘看到雪山。直到即将离开博卡拉的当天，一切发生了改变。

那天早上起床后，当拉开酒店房间的窗帘时，前几日雨雾蒙蒙的景象荡然无存，满眼是湛蓝的天与高浮的云，初升太阳的光影洒在浓绿的山上，干净至极。环视中，不远处的雪山映入眼帘，高耸入云，清晰逼眼，宛如神的存在。雪山顶在晨光照耀中，白得纯净，白得明亮，山腰处还有一抹灰白飘逸的云，宛如当地女性的纱丽。那一瞬间，我突然理解了那么多人对雪山的迷恋，理解了雪山对这个国家的意义。雪山不仅塑造了无与伦比的自然生态，也塑造了独一无二的人文心态。

这么好的天气，怎能舍得离开呢？博卡拉是世界三大滑翔伞（Paragliding）胜地之一，而喜马拉雅山的雪山与费瓦湖的湖光更让这里的飞翔变得如临仙境。第一时间，我给同行的同学们发信息问今天是否可以飞，同学们显然也起得很早，而且已经做了许多准备工作，回答简洁清晰："已经安排好了，10点飞。"

滑翔伞要飞起来必须有风且要迎风起飞。电影《等风来》中，当女主背上滑翔伞准备飞时，教练告诉她："如果想飞起来的话，只有勇气往前冲，是不够的。我们得停下来，什么都不要想，让自己清空，只是等风来。"而当我和同学们站在山巅，背上滑翔伞时，却没有时间停下来，因为风很大，那个时候需要的就只是勇气，管你害怕与否，教练就一句话，Run，Run，Run，然后推着你往前跑，往山下跳。仔细想来，人要飞起来，内心的勇气和外部的风同等重要。

当跳下去时，滑翔伞瞬间撑起来，人也就随着腾空而起，开始了真正的飞翔。当滑翔伞处于平稳状态，俯瞰身下的湖光山色，置身蓝天下白云间，才真正体会到人类为什么对飞翔如此渴望。有人说，飞翔与永生是人类的永恒追求，其实，前者带给人的快乐感更强，因为其具有不可思议的自由与美丽。在与一直陪着我的尼泊尔教练聊天时得知，他已经做了5年滑翔伞教练，并且很享受这份工作，因为有很

上图：飞机上看珠穆朗玛峰

下图：博卡拉的滑翔伞

美的景色与很棒的体验。

六

随着行程的深入，尼泊尔人快乐的原因，是我和同学们在讨论中越来越关心的问题。因此，在访问后期的一些会谈中，我们都会提出这个问题来寻求答案。

在拜访尼泊尔副总统南德·巴哈杜尔·普恩（Nanda Bahadur Pun）时，当他听到这个问题不禁笑起来。他的回答很坦诚，尽管尼泊尔贫富差距大，不同阶层有不同的想法和活法，但有一点是共同的，也是从尼泊尔祖先那里传递下来的，即吃什么、住在哪都是次要的，快乐最重要。今天钱不够了，明天可以再去挣。今天挣了1000卢比，到饭店可能全部吃完，开心就行。聚会的时候，吃什么不重要，快乐的氛围最重要。对富人来说，聚会的时候给1000卢比，对穷人来说，聚会的时候就只给10卢比，但都一样开心，钱不重要，开心就好。

普恩副总统还说到了两个产生快乐的原因：一个是信仰，多数尼泊尔国民都信仰印度教；另一个是尼泊尔有全世界最多的节日，每个节日，大家都开开心心，载歌载舞。

那天普恩副总统是在私人官邸里会见我们的，穿着与聊天都很轻松。会谈中，他的两个儿子也来到会议室与我们见面，他还让我的同学们与他的儿子们互相留了联系方式。临别前，我赠送他一个清华大学的纪念品，他很愉快地接受，而且很用力地抱着这个纪念品与我一起合影，感觉颇有豪爽之气。后来得知，这位副总统原先是军人出身。

在与时任尼泊尔众议院议长希纳·巴哈杜尔·马哈拉（Krishna

Bahadur Mahara）会面时，当议长听到这个问题时，与普恩副总统的反应一样，也不禁笑起来。我估计是这些领导人没有想到中国的青年人会问这么有趣的问题。

马哈拉议长的回答是：尼泊尔人没有太多压力，他们认为生活没有必要去担心太多，无论你的出身是婆罗门，还是首陀罗。尼泊尔没有受到太多美国社会、西方社会的影响，本国文化传统保留得很好。如果你到尼泊尔的一些农村去，尼泊尔的女人是村庄或者家庭的主人，男人都到外面打工了，男女各司其职，生活没有矛盾。还有一个原因是信仰印度教，生活非常简单，需求非常基本。

在会谈中，马哈拉议长特意问同学们去过中国多少个省，之后很自豪地说，他自己去过中国的十几个省，而且马上又要到中国访问。他也谈了一些对中国的认识，谈话中可以看出，他对中国历史特别是新中国成立后的历史很清楚，而且也很有感情，认为中国是最好的朋友。议长曾经做过老师，特别提到，尼泊尔现在有很多人学习中文，一些人能够流利地说中文，一些初高中的年轻学生可以唱中文歌。他建议同学们可以跟这些青年多多交流。他也提到自己的秘书、儿子都是年轻人，可以跟他们多多沟通。议长的这些建议是真诚的，临别前，还把自己的名片给了我们。

在与卡尔基大使谈到这个问题时，他的回答提供了一些新的视角。其一，尼泊尔从未被殖民过，尼泊尔人民没有遭受过殖民的磨难；其二，尼泊尔是一个群山之国，尼泊尔人更多的是与自然打交道，而非处理复杂的人际关系；其三，尼泊尔是一个多宗教信仰、多民族融合很好的国家，佛教和印度教是两个最大的宗教，在这里宗教之间没有冲突，各个民族之间也没有冲突，《纽约时报》曾专门报道了尼泊尔，称尼泊尔是一个"融合社会"（mix society）；其四，尼泊尔的温饱问题得到了较好解决，这里的气候四季常绿，一年四季都能种吃的。

在加德满都大学孔子学院，一位尼泊尔老师谈了对尼泊尔人快乐感的看法。他觉得尼泊尔人不刻意、不强求、不吵架、不偷东西，阶层流动很慢。大家对利益方面的东西看得淡，认为有就有了，没有就算了。这些性格特征或许与宗教有着紧密的联系。

七

尼泊尔一行，当地落后的基础设施让我们饱受其苦。在加德满都期间，雨天一脚泥，晴天满城灰。当地的交警都戴着口罩执勤，每每看到此景，也觉得是难为他们了。更苦的是，从博卡拉回加德满都的路程不过 200 多公里，车却开了 10 个小时，其中有一段不过 20 公里的路程却开了近 5 个小时。憋在路上时，真是怀念国内风驰电掣的高铁与畅通无阻的高速公路。问及当地朋友为什么没有很好的道路修整，原因也很简单，一是政府没有资金，有心无力；再一是土地私有制，很多路无法修。而这两个原因也是短时间无法解决的，只能等待机会。因而，凡是来过中国的尼泊尔人，对中国的基础设施都羡慕不已。

此次访问尼泊尔接近尾声之际，我们拜访了时任中国驻尼泊尔大使于红。大使在了解了我们在尼泊尔访问的意图和情况后，认为清华大学师生到尼泊尔进行交流实践是非常难得的、有价值的。大使谈了尼泊尔的国民性格，提到了尼泊尔人对自己的历史文化很尊重，内心有着很强的骄傲感，中国与尼泊尔之间的文化交流还要加强，期待有更多社会力量参与其中。

　　为了准备此次访问，我专门买了一本中国驻尼泊尔的前大使曾序勇写的介绍尼泊尔的书。曾大使曾经 5 次被派往尼泊尔工作，前后达 14 年，也是第一个会讲尼泊尔语的中国大使。在这本书中，作者说："从我同尼泊尔几代政治领导人的近距离接触，和同各界人士的长期交往中，我深切感受到并愿意告诉读者的是，尼泊尔从上到下对中国都怀有真诚的友好情感，是我们可以信赖的好邻居和好朋友。"此次访问中，不论是接触尼泊尔的国家领导人还是普通民众，我们获得的感受就是如此。有趣的是，为这本书作序的正是我们此行见到的时任尼泊尔驻中国大使卡尔基。

　　此行中我们还走访了一些中资企业、中国媒体以及在尼中国人，这些中国朋友们给了我们很多帮助，让我们在尼泊尔的行程变得顺利、温暖。在讨论中，他们也都普遍认为，虽然尼泊尔的硬件设施很差，远不如中国，但这里的人确实很好相处，淳朴、热情且自律。

　　此行下来突出的感受是，尼泊尔是一个神灵的国度、自然的国度、节日的国度，因而成为一个快乐的国度。这个国家对民族文化有着骄傲的坚守，不仅历史上未被殖民过，而且生活在自己的文化基因中，对自己的宗教、习俗、传统有着自觉与亲近。这块土地对自然山水有着细腻的呵护，把生态当作自己的生命，不仅有爱护，而且有尊重。这里的国民对个体内心有着高度的关注，随处可见的瑜伽空间、瑜伽课程，还有沉思、反省的生活内容，让每个人不仅向外求，更向内求，不仅关注物质，更关注精神。

　　在世界进入工业化、信息化时代以来，当代人对幸福的追求越来越强，在学术研究中，也出现了对幸福感、幸福指数、幸福学等的关注。有研究对于财富数量与幸福程度之间关系进行分析，结论是：当一个国家的收入水平处在较低阶段时，人们的收入数量与幸福感受之间的相关度非常紧密，但是，一旦超过了这种水平线，这种相关性就会减弱，甚至消失。在影响人们幸福感受的所有变量中，收入水平决定其幸福感受的比例不会超过 2%。事实上，在物质愈发丰富的当代社会，在解决温饱的人类群体中，非物质因素、非经济水平对幸福感的影响越来越大。

在加德满都期间，有同学给我推荐了一首名为"加德满都的风铃"的歌曲，曲调起伏抒情，歌词中有这样的文字：

> 就像我们都未曾见过的
> 那串加德满都的风铃
> 它不在这里
> 无处可寻
> 可它在我们心底
> 挥之不去

随着从加德满都回到北京的时间的推移，尼泊尔道路的颠簸、房屋的破旧似乎渐渐淡忘，留下的是一种越来越特殊的气息。尼泊尔似乎越来越像一种精神性存在，在那里，快乐成为一种信仰。

八

回到清华园，新学期开始，很高兴地得知，一位新入学新闻学院的尼泊尔研究生提出选我做他的导师，我愉快地接受了这个任务，约他见面并把此行同去尼泊尔的同学介绍给他。见到这位名叫Sangeet的同学时，我发现，他的眼睛一如我们在加德满都见到的那位年轻司机的眼睛一样清澈。

很快，刚刚见过的卡尔基大使来清华大学访问，在2018年中秋节的上午，我又与他有了一个愉快的会面。卡尔基回忆起2007年来到中国时，试图寻找两个中国：一个是鲁迅笔下的乡土中国，另一个是陶渊明笔下桃花源里的理想社会。卡尔基希望，中国和尼泊尔能像《桃花源记》里所写的那样，共存、共处、共赢。

当我从这位尼泊尔老人口中听到"闰土""陶渊明"的名字时，不禁有些震撼，震撼源于谈话中对美好未来的期待，更源于这位老人对中国历史文化的深挚热爱！

2019年8月15日，我和同学们一起写作的《尼泊尔的性格》新书发布会在北京的尼泊尔驻华使馆举行。发布会上，鲍德尔大使表示，书的主题是尼泊尔人民和尼泊尔璀璨的文化遗产，本书的面世为中国读者提供从社会、文化和行为层面了解尼泊尔的机会。尼泊尔前众议院议长马哈拉为该书作序，"自古以来，尼泊尔和中国就拥有根深蒂固的社会、经济、文化和宗教联系，因此在1955年两国建立了双边外交关系。我们两国在公共生活的各个领域都有着人文交流。我认为这本书就是这种交流的一个典范"，"我非常感兴趣地浏览了这本书的几个章节：尼泊尔的幸福、尼泊尔的勇敢、尼泊尔的友善、尼泊尔的自豪、尼泊尔的包容、尼泊尔的虔诚和尼泊尔的自然，这些都真正地反映了尼泊尔的核心价值观和其精神内核。作者在他们的文章中用这样的方式解释了尼泊尔的人民、文化、宗教和自然的各个方面，给我留下了非常深刻的印象。我代表尼泊尔人民和我自己祝贺所有作者在本书中创作了富有创意的章节"。

　　之所以会写作这本书，是因为尼泊尔此行给我和同学们都留下了特别深刻的、美好的记忆，在离开尼泊尔的最后一天晚上，在加德满都的酒店草坪上，沐着轻风，我们仔细地回味此行的点点滴滴，确定了这本书的主体章节和主旨内容。

　　尼泊尔确实很小，但千年来都是中国的亲密邻居，这个喜马拉雅之南的民族有着特殊的厚重历史与精神追求。这里的雪山、森林、湖泊令人向往，而平和、包容、笑容更是难以复制。当物质主义、技术主义、保守主义成为人类幸福感的"慢性毒药"时，尼泊尔为世界提供了亲近文化、亲近自然、亲近心灵的人类幸福感的"滋补品"。

沉思与造梦

　　2021 年，世界依然弥漫着疫情，在北京举办了"宫崎骏与吉卜力的世界——动画艺术展"，展览现场特意制作了一辆标着目的地为"北京"的"龙猫巴士"，观众可以进入巴士里面，体验龙猫世界里的纯净与善良。这或许让受疫情影响的世界多了些温暖。这次展览也让我回忆起了前一年年初到日本的一次访问。

　　2020 年元旦过后，我和同学们来到日本，探访日本的文化创意发展。在各类参访中，印象深刻的是东京都的吉卜力美术馆与京都的哲学小道，这两个地方的氛围完全不同，前者热闹，后者冷寂，但其精神实质与对日本文化发展的贡献都是一致的。

一

吉卜力美术馆实际上是宫崎骏博物馆，这里展示了宫崎骏的各类动画作品的创作过程、创作环境，还有各种动画形象。参观当天上午，当我们按照预约的时间来到美术馆时，惊讶地发现，排队的人已经非常之多，尽管这是一个普通工作日，但现场用"人山人海"来形容毫不夸张。更有趣的是，众多等候者有着不同肤色，操着不同语言，而且男女老少都有。那天的天气很好，蓝天白云，阳光耀眼，我看着前面长长的队伍，大家都眼巴巴地等待入场，不觉感慨：优秀动画的魅力真的是跨越年龄与种族！

在这个美术馆里，展示着宫崎骏的许多经典作品的创作手稿，那些生动的形象，龙猫、千寻、汤婆婆、无脸怪，看了后都让人非常熟悉，看到都会心一笑，心中暗说"那些银幕上的生动形象原来是这样诞生出来的"。作为一家个人美术馆，馆中还展示了许多宫崎骏日常的写生手稿以及个人的阅读书籍，这些写生手稿内容非常之广，从千姿百态的动物到日常的生活场景，从中可以看出作者在平日里的点滴积累。而这些展陈的书籍中大量是英文书籍，包括英国文学史、莎士比亚故事集，还有各种哲学、随笔、小说等，看得出来，作者的阅读面很广、阅读量很大。看到这些，参观者也就逐渐意识到，大量阅读、大量写生、大量想象才逐渐成就了宫崎骏。或许，从普遍意义上看，阅读力、观察力、想象力是一个好的动漫创作者的核心能力。

当然，宫崎骏作品的影响力之最关键因素还是其坚守的价值观、"动漫观"。宫崎骏认为，"在所有通俗文化当中，只有动画片最拘泥于爱和正义这两个主题"，"如果缺乏植根于主人公们的价值观上的自发性动机，作品是难以为继的"。宫崎骏始终坚持思考动画片所担负的文化重任，尽管动画片是通俗作品，"入口很低，谁都可以进来，但出口必须高尚而纯净"。他曾说："在如同洪水一般的动画片作品潮流中，能够做出一部以良心为出发点的作品真是太不容易了。这就好像在洪水的浊流中想要保持清水汩汩流淌一样。但我坚持认为，如果就这样随波逐流地将不负责任的作品呈现到世人面前的话，实在是无聊的。既然选择了做动画片这个职业，说是人生一搏可能有点夸张，但我认为就应该做些有价值的事情，并且我正在不断地求索这个问题的答案。"

宫崎骏的求索是认真的，也是得到普遍认可的，不但其作品得到包括奥斯卡奖在内的各种国际大奖，屡屡成为现象级的动画电影，而且经久不息地播出，影响了全球范围内一代又一代青年人。就拿1988年首次上映的《龙猫》来说，童趣十足，剧情简单，但充满了"爱和正义"，极其"高尚而纯净"，公映后摘取了日本国内当年所有的电影奖项。更有趣的是，这部片子30年后在清华大学校内还会售票上映，而在学生每年投票选出的全校迎新年电影晚会播放影片中，这部片子也是多次入选。仔细想想，这种"高尚而纯净"的"爱和正义"有着跨越时空的感染力，也是当代社会极具疗愈效果的内容。

那天在这个美术馆参观了许久，我觉得，这里的确堪称优秀动漫创作的实践教学基地，因为沉浸在这个空间里，可以启发思维，可以发现优秀动漫作品具备的基本要素。其一是现实，动漫作品要有奇幻感，但动漫故事内核一定是来自现实，来自日常生活、社会冲突以及人性纠葛，乃至场景中的细节也应是有现实依据的。其二是科技，动漫作品要充分利用当代科技的发展来设计场景，构建想象，任何新的技术进展都可成为创作的依据。其三是世界，具有全球影响力的动漫作品一定要考虑不同文化、文明的特质与共性，在作品中融入文化相通性的价值观，能够直指不同肤色的人心深处。其四是传统，每个民族的动漫都有其文化土壤，迪士尼的作品与宫崎骏的作品就有着鲜明的风格差异，而这些差异就来自不同的文化基因，实际上宫崎骏对迪士尼的作品是有自己看法的，并不是一味模仿，甚至会进行批评。其五是创意，这也是动漫创作中最具核心性的要素，体现了创作者的才华与个性，也只有通过独到的创意，才能把现实、科技、世界与传统有机地整合起来。好的动漫作品，一定是以世界的眼、美好的心、个性的手创作出来的。

在这个美术馆的纪念品商店里，看到了大量文创品，仔细看生产说明，既是 Made in China，又是 Designed in China，看来中国的文创产品已经不仅是制造了，也能设计了，这是很大的进步。当然，所有的设计和制造都是围绕宫崎骏动画作品中的形象。下一步，对中国来说，最需要的还是内容创意能力的提升、本土文化 IP 的创造。这才是国家文化创造力的重要体现。

在此行的调研与讨论中，我们愈发清晰地认识到，在日本的国家形象传播中，动漫成为极其突出的利器，成为传播日本文化形象的有效途径。据日本贸易振兴机构（JETRO）统计，日本漫画、动画片和游戏软件在国际内容市场占比一度达到 30%，其影响之大可见一斑。有美国学者曾专门撰文提出日本的"国民酷总值"（GNC，Gross National Cool），高度评价日本动漫、流行音乐、电子游戏等在全球的影响力，认为"日本国民酷总值"是日本文化软实力的重要形态。2008 年，日本外务省就正式任命卡通形象"哆啦 A 梦"（"机器猫""小叮当")成为日本历史上第一位"动漫文化大使",承担向世界传播日本动漫文化和提升日本对外形象的重任。此行我们也专门去了东京的秋叶原,那里是日本动漫、游戏产品销售的集中区域,充满了创意、商业与技术,堪称"ACGN 天堂"与"二次元圣地"。这些努力显然是有成效的,记得 2018 年带学生在阿联酋大学访问时,与当地学生座谈,他们普遍了解、喜爱日本文化,其主要原因就来自日本动漫。

二

在京都大学访问时,接待的教师给我们做了仔细的介绍,充满了对这座城市与大学的自豪。在介绍中,教师给我们展示了一张某美国旅游杂志公布的 2014 年全球最佳旅游目的地榜单,京都市排名第一,展示了京都市诞生的世界知名企业任天堂、京瓷、欧姆龙等,展示了京都市的众多长寿企业,最长的企业历史甚至超过 1400 年。

京都大学成立于 1897 年,1903 年即接收了第一位来自中国的留学生。介绍者对学校的创新能力与创新文化非常推崇,列出了十余位诺贝尔奖、菲尔兹奖等重大国际科学奖获得者的图片和名单,然后详细谈了自己对京都大学文化的看法,认为这里之所以会产出这么多创新人物,得益于学校的文化崇尚不爱钱、不怕权,崇尚学术上的独立思考。比如,学校并不认为在一流期刊上发表的论文就一定是一流成果,事实上很多一流成果上不了一流期刊,因为这些一流成果是推翻定论的,无法通过期刊编辑的评审。而对于京都大学的许多学者来说,既然做研究,就要做别人从没有做过的,力争将现有定论推翻,这才是真正的一流研究。

在这种学术文化中，京都大学的人文学者也是群星璀璨，哲学、历史等领域的著名学者辈出，而且研究范围广泛，有教授对中国近现代史的研究很深入。京都大学的汉学研究水平也很高，与中国学者交往多。近代著名学者王国维曾在此学习研究多年，据王国维年谱记载，1912 年，"罗振玉藏书运抵日本，存京都大学，王国维与其一同整理，并与日本学者时相过从，专攻古史"，而后到了 1918 年，"日本京都大学教授欲延其赴校任教，为其婉辞"。

在京都大学众多人文学者中，有一位哲学教授叫西田几多郎，1911 年出版了《善的研究》一书，被誉为日本"独创的哲学"，成为京都学派创始人。这位教授喜欢在学校到银阁寺的一条小道上散步思考，时间久了，名气大了，这条路就被称为"哲学小道"，现在也成了小有名气的文化地标。

那天在这条小道上走时，恰逢细雨飘起，润湿的石板路沿着清清溪水蜿蜒展开，人很少，也很安静，走其上，脑海中浮出的一句话是"依水有灵韵，清幽生智慧"。小道两边有溪水、樱花树，还有一些小店也都别具风格。这条哲学小道与海德堡的那条哲学小道气质不同，前者是平缓的、寂冷的，属于老庄风格的；后者是陡峭的、热烈的，属于柏拉图风格的。在这条路上走着，可以想象百年前学者的身影，曾创立了融合东西方思想的哲学体系，将日本近代哲学发展推向新的高峰，也曾希望纠正狭隘的民族主义、军国主义，但却未果，以至于晚年受到各方面的挤压。

走到银阁寺，看到的是典型的日式园林，在古刹中，有枯山、冷水、清泉、青苔，加之细雨中，味道十足。原本看了银阁寺，可不去金阁寺了，但听说大名鼎鼎的一休和尚曾在金阁寺修行，又兴致勃勃

上图: 吉卜力美术馆

下图: 京都的哲学小道

地来看，果然这里人气比银阁寺旺盛许多，不过感觉对一休的文化IP重视挖掘不够，仅有一休动画形象的纪念木牌和冰箱贴作为纪念品在出售。即便如此，也还是有许多中国人在购买，我和同去的同学们也买了一些作纪念。由此可见日本动画在中国的影响力，有太多人的童年记忆中有着动画片《聪明的一休》的印记！

三

2000 年以来，日本科学家在诺贝尔奖科学获奖名单中保持了极高的出现率，平均一年一人，这种基础研究的创新力令人赞叹！在此次参观中，我们专门去了东京的科学未来馆，这是 2001 年开馆的国立科学馆。馆陈设施的互动性和内容的反思性给我留下了深刻印象，在友好的参观体验中，让人可以从地球视角思考未来，从人类视角思考科技。整个参观过程中，馆内很安静，许多家长带着孩子静静地参观，小声地交流，各自地体验。科学的种子在不知不觉中播撒。

对中国人来说，走在日本的街头，有着较强的熟悉感，在各个角落里、细节中，似乎看到了唐朝，看到了儒家，看到了禅宗。我和同学们讨论，其实，之所以很多中国人喜欢来日本旅游，是因为内心深处喜欢中国传统文化。当然，在日本的文化中不仅有中国传统文化的基因，还有世界上不同的文化来源，经由糅合创造，形成了当代的日本文化。访问中得知，许多日本青年人不愿意出国留学，因为本国太舒服了，这也是引起议论甚至担忧的现象。的确，在东京、京都的城市街头，到处都是便利店、药妆店和地铁站。而日本青年人也喜欢读漫画书和轻小说，不太喜欢智能手机，这在地铁上表现明显。日本人对民族文化的热爱与推崇也是强烈的，在京都穿着日本传统服装参观一些景点可以免费，乘坐出租车还可以打折。文化的土壤在日积月累中逐渐形成。

宫崎骏曾说，"会走上动画世界这条路的人，大多是比一般人更爱做梦的人；除了自己做梦，他们也希望将这样的梦境传达给别人。渐渐地，他们会发现，让别人快乐也成了一种无可取代的乐趣"。的确，让别人快乐是大乐趣，而创造这种梦，要感动世界，要穿越时间，一定是在纯净的沉思中产生的。

其实再想想，不论文化的创意还是科学的创新，都是从心底深处的纯净之源创造出来的。"Pure life，pure love。"因热爱，而投入，不痴迷，不成佛，非如此，无捷径。

泡菜的讲究

　　到韩国调研文化产业，韩方安排我们体验韩国文化，都是一些有趣的内容，觉得参与其中，很轻松，留下的思考却很深。

　　印象最深的是在光州泡菜城。这是一个占地近 8 万平米的展馆，包括泡菜历史展厅、泡菜材料展厅、泡菜体验展厅、泡菜探究展厅、发酵饮食展厅。大家很惊讶，一个小小的泡菜居然要如此大的展馆。

　　在体验展厅，一位穿着粉色韩服的优雅的中年妇女，笑语盈盈地迎接大家。演示台上摆放着一棵白菜和各种调料。她一边仔细地演示泡菜的制作流程，一边告诉大家，泡菜展示了韩国妇女制作料理的高超手艺，各种美味的肉汤、鱼酱、虾酱都是精心调制的，成为韩国人饭桌上必不可少的食品。更重要的是，泡菜具有增加食欲、促进消化、强化免疫力等功能，而且非常健康。

　　在整个讲述过程中，这位韩国妇女始终保持亲切的笑容，语气中充满着对泡菜的热爱，经常由衷地发出赞叹，在那种氛围下，给人的感觉是：泡菜是天下第一等美食。

在我们体验制作泡菜的 DIY 环节，她的精细讲解更是精彩，各种调料怎样搅拌，按什么顺序涂抹，薄厚程度如何把握，决不允许出错，最后还要求把所有调料用完，不要有一点浪费。泡菜做好后，装进袋子中，她又反复叮嘱，回去后如何储存，何时可以开始食用。

在韩国访问期间，深感韩国人对自己食物、服饰、礼仪等传统文化的尊重与喜爱。一位年轻的韩国女导游在闲谈时说：她从小就教育孩子，自己土地上长的东西最适合自己。她特别介绍，韩国牛肉要比美国牛肉、澳洲牛肉品质好，价格也要贵 2 到 3 倍，但她们坚持买国产牛肉。

在首尔景福宫参观时，看到许多穿着鲜艳韩国民族服装的女孩子，或合影，或自拍。导游告诉我们，韩国政府为了鼓励本国人穿民族服装，凡是穿传统韩服到景福宫参观的韩国人，一律免费。在现场，我们看到一位韩国妇女在给参观者讲解韩服寓意，讲得非常细致而投入，带入感极强。

在与一些韩国人交流时，他们谈到，韩国文化源于中国文化，核心是儒家文化。他们认为，韩国用 20 多年时间走过了西方国家百年的现代化历程，但人心没有散、没有坏，靠的就是儒家文化。记得当时我还追问了一句："什么是儒家文化？"答曰："孝悌忠信礼义廉耻。"

如此说，也是如此行。刚到光州机场时，一出来，就看见机场大厅里悬挂的巨大横幅上写着"有朋自远方来，不亦乐乎？"，而且"朋"和"乐"的字号还要更大，感觉深得此句的精髓，对于从中国来的旅

韩国泡菜配料展示

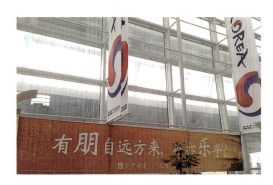

光州机场内横幅

客来说倍感亲切。在参观光州乡校——韩国一所民间学校时，我注意到，整个庭院里，从对联到牌匾，都是孔孟理学儒家之语，记得有"顺理则裕从欲则危"，还有"制之于外以安其内"。进入大成殿前，引导的韩国女教师要求我们一定要在台阶下先鞠躬再进去，她自己上台阶时，手提后裙摆，每阶先迈左脚，下台阶时，则每阶先迈右脚，那种恭敬之感令人动容。

　　文化是凝聚一个国家、一个民族的深层次力量。在首尔中央博物馆参观韩国历史展时，到处可见老师带着学生，多是小学生，一个老师与四五个学生席地而坐，老师讲，学生记，老师讲得激情，学生记得认真。对韩国本国历史文化的认同感从童年开始点点滴滴注入韩国孩子们的心田。

访问期间，担任翻译的中国女孩多次告诉我们，她来了韩国后，每天都要吃泡菜。泡菜还被美国健康杂志列为世界五大健康食品之一，其他四个是日本纳豆、印度扁豆、西班牙橄榄油、希腊酸奶。我问：为什么中国那么多好的食物没有列入其中呢？她说："可能中国好吃的太多了吧，就没当回事。"

回国后，有一次我问起一位在清华大学读书的韩国博士生："韩国泡菜和中国泡菜的主要区别是什么呢？"答曰："其实技术上韩国的泡菜不是泡的，只是借用了中国人熟悉的说法，所以技术上不同吧！韩国泡菜（kimchi）以很多种发酵方法制作，而且韩国泡菜有辣的、不辣的，不同的地方还有不同的味道，有的偏咸有的偏淡，受气候的影响，南方的泡菜更咸，多加了鱼酱虾酱，这也是韩国独特的调料。"

我又问："韩国人对韩国泡菜的喜欢程度，似乎要高于中国人对中国泡菜的喜欢程度，是吗？"答曰："这是正确的！"我问为什么，答曰："韩国泡菜体现国家认同感。"之后，学生又说："中国的整个食文化比韩国丰富，所以一个食物的重要程度自然会轻一些吧！"听到此语，我不禁想起在韩国遇到的那位中国女翻译的回答，两者大致意思是一样的。

食物不仅关乎生存问题，也关乎认同问题。对一个国家来说，不管食物多也好少也好，更多地关注"日用而不觉"的美食，发掘自己的美食文化，无疑是传播民族文化的方便途径。

蛋挞与老屋

澳门是一座很小的城市，也有着很刻板的印象，对澳门的历史之美、人文之美需要沉浸其间，细细体会，深深思索，以亲近的心来挖掘，就会有许多的惊喜与发现。

一

来澳门很多次，每次必到路环的安德鲁蛋挞店一饱口福。这种蛋挞是由一个英国男人与一个中国女人在澳门共同创办的葡式点心，逐渐风靡中国乃至世界，至今经久不息，很是有趣，也充分凸显了澳门的中西文化融合特色。

第一次澳门朋友引我来这里吃蛋挞，我并不以为然，原因很简单，因为在一些快餐店经常吃蛋挞，觉得不过是填补下午空闲时间的内容而已。看到端上桌的蛋挞，品相金黄鲜亮，挞心奶油中有黑色斑迹，不像以前常吃的那种一片金黄，似乎是烘烤时不均匀造成的。不过，食物之美，品尝方知。当把蛋挞送进嘴里，才发现，挞皮沾口即碎，簌簌窣窣地撒下来；挞心进口即化，蛋浆滑滑溜溜地淌出来。而且，那种甜度与黏度都是恰到好处，加之刚刚出炉的热度，瞬间征服了味蕾，赢得了喜爱。那一次，我就一口气吃了3个。从此后，记住了这家店与这种蛋挞，每次来澳门成为MUST-EAT。

之后，我经常给同来澳门的人"安利"这家蛋挞店。有一次，我带了许多校友来吃，大家都说好吃，因为是早餐，那次我吃了6个。当然，不只我一人，好几位都吃了6个。还有一次，我带了许多学生来吃，大家一样都赞叹不已，而且还拍了Vlog，留下了生动的影像记忆。

印象最深的一次是，同行的人早上酣睡，我一人打车来到这里，要了一盒蛋挞、一瓶果汁，坐在店外的海边吃，头顶上是绿茵茵的大树，眼前是波光粼粼的水面，清风习习，好不惬意。恰好旁边有一位老人家，我们攀谈起来，得知他已退休，每天早上要在这里坐坐，再去吃早茶和买菜，他说自己在这里生活了一辈子，很喜欢这里的人与景，还说很多人只知道博彩的澳门，并不知道渔村的澳门，不知道澳门人的澳门。我很同意老人家的观点，告诉他我也很喜欢这里的人与景，尽管是一位外来的旅行者，但也愿意在这里多坐坐。那天早上，我们就在这海边大树下，有一搭没一搭地聊了一个多小时，直到他起身去买菜。

2019年的年末，我应邀到澳门参加"名人公开讲座"，讲中国文化发展。两天活动之后，即将搭乘晚上的航班离开澳门，感觉还少了什么，我很快意识到，没有去安德鲁蛋挞店，于是乎，在去机场前再次来这里。由于那天中午午饭结束的很晚，且吃得也很饱，坐下来原本只是想吃一个蛋挞满足一下心理需求即可，但想想既然大老远来了，点餐时还是要了两个。吃完了，当陪同的澳门朋友要去结账时，我又叫住说再加一个吧。尽管说的时候有些不好意思，但想想还是要相信自己的感觉。终究，那天的晚饭没有吃，而且，直到深夜回到北京，除了喝水已经吃不下任何东西了。

二

2019 年是澳门特别行政区成立 20 周年，为了庆祝这一特殊时刻，澳门中华文化交流协会于年初启动"澳门新八景"系列活动，选出代表澳门特区新面貌的景观，展现澳门中西文化交融的城市新形象。整个评选活动突出全球性，世界各国民众都可以参与投票，同时充分利用各种社交媒体进行推介，既是评选更是传播。最终评选出的八个景观被冠以情景兼备、文采雅致的四字名，分别是西山望洋、双湖塔影、亭前葡风、龙爪观涛、路环渔韵、爱巷倾情、福隆新貌、桥牵三地。我惊喜地发现，我很喜欢的安德鲁蛋挞店就在"路环渔韵"新景观中。

我参加了"澳门新八景"颁奖活动，深深领略了澳门人的乡土热爱与创意活力。在颁奖现场，可以看出澳门人对新评选出的这八个景观有着发自内心的喜爱，不论是组织者还是参与者，不论是政府官员还是社会组织人员，都洋溢着喜气洋洋的氛围，宛如过节一般。澳门中华文化交流协会理事长崔世平表示，"澳门新八景"的全球票选及传播对澳门回归 20 年来的城市文化、人文形象等做了很好展示。下一步，协会将继续推动"澳门新八景"的持续传播，在全球范围内树立澳门形象，讲好澳门故事。

颁奖现场的创意传播也令人称赞。魔术师通过扑克牌魔术的方式把"新八景"推出，很是精巧，而我也参与了魔术师的表演，平生头一次与魔术师同台表演，趣味横生。此次活动还邀请了多名澳门新锐青年设计师，以"澳门新八景"为主题设计系列文创产品，借此向全球推广"澳门新八景"，推动及促进澳门文创产业发展。在颁奖活动中，一位位意气风发的年轻设计师上台讲述自己的产品和设计理念，可谓新意迭出。不仅如此，澳门中华文化交流协会与澳门邮电局合作，还推出了"澳门新八景"邮票。

最令人赞不绝口的是澳门永利皇宫厨师团队专门为"澳门新八景"开发的创意美食，八道菜完全对应八个景，从食材到口味、从样式到展示都充满了创作者的独具匠心，每道菜上来都会引起啧啧赞叹。坐在我旁边的澳门本地一位企业家也不断地说，即便天天在澳门吃美食，今天的菜品也真是非常棒的。

的确，这种"棒"不仅体现在烹饪者精湛的厨艺上，更体现在食物搭配呈现的创意上。比如对应"桥牵三地"这一道景的菜品，主食是面条，出乎意料的是，面条是装在一个小茶壶里端上来的，品尝者用筷子把面条从壶嘴里慢慢抽出来，一壶面就是一根面，抽到最后可以拎起茶壶倒出来，鲜美的汤汁也随之一并喷涌出来，冲入已经铺陈好多种调料的汤碗里，一道普通的面条能演绎得如此妙趣横生，整个过程不禁令人拍手称赞，现场许多人都拿出手机拍照和录像。

澳门被联合国教科文组织授予全球"创意城市美食之都"的称号，的确是名不虚传。不过60余万人30余平方公里的澳门里，仅米其林星级餐厅就有近20家，三星米其林餐厅也有多家，更重要的是，各

安德鲁蛋挞

澳门新八景创意菜品

类美食餐厅遍布全城，达到 2000 多家，包括澳门菜、葡国菜、粤菜等等，还有各式各样的小吃店、甜品店。而且，许多大排档也是非常诱人的，记得几次去时都在夜宵时分坐在路边大排挡里大快朵颐，店老板从水桶中拿出新鲜的海鲜进行烹饪，普通的面条配上本家独特的汤底别有一番风味，店老板偶尔还会搭讪聊天，那种如家之感亲切满怀。

三

当然，如果以为澳门仅有美食是远远不完整的。事实上，澳门作为中西文化交流的重要平台，在中国与世界的文明交流中发挥着重要作用，也成为近代得风气之先的中国人的栖居之地。

与意大利旅行家马可·波罗经由陆路来到中国不同，葡萄牙人是最早经由海路来到中国的欧洲人。最早来到澳门的葡萄牙人于 1513 年来到这里，从此开启了澳门中西文化交汇 500 年的历程。而著名的意大利传教士利玛窦来到中国，最早也是于 1582 年到达澳门并居住很长时间后才进入内地。

澳门的这种独特区位与文化特质影响了近代的中国思想启蒙进程。这其中，长期居住在澳门的郑观应是杰出代表。从 1886 年起的 5 年间，郑观应住在澳门，编撰出《盛世危言》一书，讲述富国强兵的理论，成为中国维新思想的开创之作、扛鼎之作。清朝洋务派领袖张之洞读了《盛世危言》后认为："论时务之书虽多，究不及此书之统筹全局择精语详。"当时，光绪帝要求印 2000 册，至少六品以上的官员都要人手一册来阅读。这一作品，也直接影响了孙中山、毛泽东以及康有为、梁启超等多位近现代民族精英。

澳门特区政府对已经破旧不堪的郑家老屋进行了认真修缮，如今成为了一处纪念馆与博物馆。参观其间，宛如走进百余年前的历史深处。这座宅子约建于十九世纪中叶，是一处院落式大宅，建筑以中式为主，但在室内天花板、门楣、窗楣等处则显示了西方的印迹。参观时，不禁令人感慨，在寸土寸金的澳门，愿意把这么一处大院子、老屋子保留下来，凸显澳门人对历史的尊重。

在郑家老屋中可以看到当年郑观应向盛宣怀推荐孙中山的信函，在信封上有"盛大人台启""孙医士事"的字样，正是得益于这一推荐，孙中山于1894年北上天津上书李鸿章。在郑观应写给盛宣怀的一封信中，可以看出其独立的品质。1902年，袁世凯趁盛宣怀因父守制之机全面接管招商局，清洗原有人员，郑观应因而出局。在这封信中，郑观应批评袁世凯"党同伐异"，表明自己的态度是"固穷守节，安命待时，不献一策，不发一言"。

在郑家老屋中还可以看到，1915年春节期间，年仅22岁的毛泽东回家过年写给表兄的一封信，其中有"书十一本，内《盛世危言》失布匣"的字样。展览中还摘录了延安时期斯诺笔录的《毛泽东自传——一颗红星的长成》一书中的相关内容。由于阅读了《盛世危言》，激发了毛泽东求学报国的欲望，不愿再在田里工作，因而不顾父亲反对走出家庭外出求学。

小小的澳门还有许多这样的老屋。孙中山曾经在澳门居住过的老屋，现在成为澳门国父纪念馆。在孙中山老屋的展览中，特别提到孙中山是澳门镜湖医院第一位西医，还展示了光绪十六年（1890年）孙中山在澳门创设中西药局时所立的借款生息借据，认为这是我国中西医合作的第一份文献。还有孙中山与葡籍好友在澳门合办的中文周报《镜海丛报》报样,该报在 1893 年创刊,1895 年停刊。

叶挺将军与家人也曾在澳门生活 7 年。澳门特区政府自 2006 年起对叶挺故居进行了修复,树立了叶挺将军和家人的雕塑,布置了展览,并于 2014 年正式开放。叶挺老屋内保存了多件当年的大型家具和日常摆设,展示了多幅叶挺将军在澳门的图片,让参观者看到了叶挺将军与家人在澳门生活的"愉快",也体悟了叶挺将军放弃这种"愉快"投身民族革命的高尚追求,堪称伟大的理想主义者与爱国主义者。令人印象深刻的是,故居的管理员给我和同学们讲解时很有感情,特别希望大家为了早日实现民族复兴,把叶挺将军的精神传承下去。他的讲解赢得了众多掌声。

事实上,澳门对于曾经来过这片土地上的著名人物的历史空间都予以了认真保护,与历史的紧密勾连成为澳门独特魅力的重要源泉。林则徐任两广总督时曾来澳门巡视,其居住和接见葡萄牙官员的地点在莲峰庙。该庙建于 1592 年,如今专门修建了林则徐纪念馆。卢家大屋是澳门著名商人卢华绍的旧居,建于 1889 年,是一处典型的中式大宅。冼星海 1905 年出生于澳门一个贫苦家庭,如今澳门专门修建了冼星海纪念馆,位于冼星海大马路与柏林街交界处。这一间间老屋彰显了澳门历史的"丰厚",一座小城,众多人物。

澳门的老屋们承载了澳门深厚的历史底蕴,不仅成为澳门的宝贵财富,也成为世界的文化遗产。2005 年,联合国教科文组织第 29 届世界遗产委员会大会宣布澳门历史城区列入《世界遗产名录》,体现了这些老屋、老街的当代价值与世界意义。

澳门的历史文化街区更新确实做得很好,既有保护,又有开发,既是历史的沉淀，又是当代的场景。比如花王堂区的改造，这里是澳门人口密度最高的一个区，从 16 世纪开始就有葡萄牙人在此居住，老建筑很有特色，著名的大三巴牌坊就在此区内。最令人称道的是一条名为"恋爱巷"的小巷的改造，这条小巷连接了大三巴和花王堂，花王堂又称圣安多尼教堂，圣安多尼是天主教中掌管姻缘的天使。整个巷子的老建筑进行了整修、清洁，大多具有新古典主义风格，简洁典雅，以粉红色和浅黄色为主，巷子中再配上电影院、咖啡馆等，极具南欧小镇风格，也是现在当地人和外来游客最爱去的地点之一。对照 100 年前这条巷子的老照片，新旧对比，天壤之别。记得我和同学们来到这里，同学们见了后都惊呼"太好看了"，每个人都在这里驻足拍照，留为纪念。

四

从蛋挞中看见世界，从老屋中看见历史。漫步于澳门，深感这块"莲花宝地"的特殊魅力，小而美，小而精，小而暖，文化多样性与历史厚重感在这里实现了完美的结合。无怪乎，每次来到澳门，都有走进亲戚家的感觉；而每次离开澳门，都有下次再来的约定。

作为清华人，与澳门的感情更是有着特殊的联系。20 世纪 20 年代，清华学子、诗人闻一多就以澳门等地为题，创作了组诗《七子之歌》，其"母亲，我要回来"的呼唤成为澳门与清华大学、与祖国的情感的真挚表达。清华大学与澳门的渊源从那时起，延续积淀至今，愈发真挚厚重。每次去澳门，都会见到许多当地清华大学校友，即便停留一天也会欢聚，而许多清华人也都在积极参加澳门建设，其中还

郑家老屋内景

叶挺将军故居

在东望洋灯塔上俯瞰澳门

包括我在学院里的同事。

2020 年 12 月，在澳门回归祖国 21 周年之际，举行了澳门自强文创发展论坛，成立澳门自强文创智库，这是为澳门回归日献上的一份礼物，也是为澳门持续发展提供的一个新引擎。我参加了此次论坛并发表演讲，出任了澳门自强文创智库会长。澳门是中华大地上独特的文化高地。我以为，下一步要做的，就是把澳门这个"文化高地"变成"文创高地"。

澳门可以成为探索文旅新业态的"新高地"。澳门已经是全球美食之都，有如此众多的米其林星级餐厅，还可以在美食的基础上开发更多的文旅内容，以创意美食、世界美食、美食文化作为澳门文旅的新亮点。与此同时，澳门有如此多的世界顶级酒店和展演项目，未来更可以融合全球资源，打造成全球时尚之都、全球演艺之都、全球展会之都。

澳门可以成为发展数字文化产业的"新高地"。近年来，基于数字技术的文化产业发展迅猛，特别是 2020 年的新冠肺炎疫情以来，云演出、云展览、云教育等文化消费活动迅速发展，甚至一个线上演唱会可以有数万人付费观看。进入后疫情时代，非接触、数字化的线上文化消费成为趋势。数字文化产业发展对于澳门这一物理空间小而集聚资源能力强的城市来说，无疑是具有特殊意义的产业方向。而澳门的社会信息传播架构与多元文化特色，更是让澳门具有更多全球范围内的数字文化产业发展空间。

澳门可以成为培养国际文创人才的"新高地"。当代文创人才需要文化使命感，也需要文化创造力。这种创造力来自于中华文化的根基，也来自于世界文化的眼光。澳门融合中西文化交流 500 年的历史底蕴，天然地成为复合型国际文创人才培养的良好土壤。更可喜的是，基于横琴的粤澳深度合作区是促进澳门经济适度多元发展的新平台，为澳门发展提供了新空间。今后，可以下大气力引进世界一流教育培训资源，立足澳门，辐射粤港澳大湾区、大中华区乃至世界，培养世界一流的文化创意人才。

小小的澳门有大大的魅力，更有大大的潜力，期待这座小城可以成为全球文创发展和中华文化传播新高地，在中西文化交流中和人类新文明建设中，焕发出无尽的光彩！

📖 文创的生活

受台湾文创业同人邀请访台，见到了许多优秀的文创人，体验到了多彩的文创生活，那种时时激起的惊喜感、钦佩感，已经成为记忆深处的宝贵积淀，而对当代社会文创发展的理解，也在不知不觉中深入。

文创要解决的问题是经济增长的迟滞、文化发展的无力，而最重要的，或许在于当代人幸福感的缺失。在工业化、标准化、物质化越来越强的时代，怎样建构美好的生活空间？何处找寻安静的心灵住所？

一

没有文创理念的城市，遇到旧屋、旧街，多会一拆了事，整齐划一；没有文创理念的乡村，对青山绿水、飞蝶修竹视若不见，年轻人拂袖而去，留下老人妇女儿童，死气沉沉。

在台北大稻埕文创街区参观时，我们得知，这条街区 100 年前就是全台最繁华的商贸中心，后来逐渐颓敝，但在文创理念的引导下，老街区焕发新活力，成为年轻人和国际游客青睐的目的地。引导我们参观的是稻舍创办人叶守伦，这是一位眉目清秀的年轻人，他们家族五代世居大稻埕，三代经营米业。在他的介绍下，我们沿着街区看着一家家结合了历史特征与时尚风格的特色店铺，风格各异，美不胜收。当天烈日炎炎，气温很高，听者已是大汗淋漓，但叶守伦看起来却沉浸在对老街区的介绍中，不知其热。

一个上午的参观结束，来到他们家的店铺里用午餐。干净、简洁的餐盒里，盛着清爽的一荤两素和米饭，饭菜很可口，尤其是米饭很好吃。大家不觉赞叹，不愧是世代经营米业，尽管是最普通的食材，但却有极不普通的味道。在店员的建议下，我们都配上现烧的猪油拌米饭，甚是好吃，许多人吃了一碗又一碗，仍觉不过瘾！起身时发现：人人都是光盘员！

从餐厅的窗口看出去，我发现，在对面一家店铺的招牌上写着：牛肉、咖啡、文创。看来，文创已经成为这条街区的基本要素，如同餐饮一样基本。

其实，何止这一条街，整个台北城市发展的文创特色都非常突出。在华山文创园区参观时，正值周末，来到园区，熙熙攘攘，热闹非凡。园区内有大学生毕业季演出，还有外国艺人在表演节目，观者席地而坐，其中许多是妈妈带着孩子。演者尽兴，观者专注，其乐融融。

当然，园区内最有特色的还是一家家极具创意的商店。从名称到门楣，从内饰到商品，都充满了文创味道，让人不禁想走进去看看。同去的朋友拉我一定要去看看一家"最美书店"。走进去，发现这里不仅有精美的图书，还有精致的文创品，这里不仅是个普通书店，还是个文创空间，沉浸其间，有很强的被包裹感，加之店员的细细叙述，驻足这里的时间在不知不觉间轻轻滑过。

同样在台北的松山文创园区原先是一家烟厂，烟厂停产后这里成为被保护的工业园区，修整后成为文创园区。进到这个园区，其半野化的自然生态环境给人很深印象。据陪同的一位园区总监介绍，这里经常举办各种展览、影像拍摄、音乐会、文化讲座、表演艺术，还提供了许多空间给文创企业入驻。这位总监也是艺术专业出身，活脱脱的文创人士，自己出版过诗集，在出版社、广播电台等都工作过，介绍起园区来很是自如流畅。

城市现如今已经成为人类聚居的主要空间，这样的空间需要有更多的人文感，让人感觉温暖舒适，需要有更多的原生态，让人能触摸自然。在台北宝藏岩艺术村落参观时，我们看到，这里的旧房子由于艺术的引入、青年的参与，变得活跃而有魅力，其"聚落共生"理念让历史建筑成为"活化形态"，穿梭在崎岖起伏的街区中，时时会发现新奇的设计空间和有趣名称，让人乐而忘返！

当代社会发展的文创理念并不抽象，核心要义是让人们"好好生活"，推动机器化、工具化的城市更有人文气息，推动空心化的乡村更有人气。旧空间里有了新内容，有了主体性、差异性、文化性的表达，就成了新空间。文创理念的创意视角需要个性、时尚，也需要历史；科技视角需要新技术、新知识，也需要新应用；生活视角需要在地感、自然感，也需要互动感。

二

　　此行台湾考察文创发展，重点还在文旅业。这其中，位于南投的"天空的院子"及其创办人何培钧给观者留下了深刻的印象。缘于对当地竹山上一座被废弃的百年古宅的特殊情感，20多岁的何培钧与表哥投入山中，历尽千辛万苦，让古宅换新颜，打造了被誉为"台湾最美民宿"的院子。参观中得知，竹山这个小镇原本旅客数量几近为零，如今已经有了一年十万人次的人流量。

　　那天早上10点，何培钧与我们做分享。他说自己刚从大陆回来，中午还要赶到台北去，但他很愿意向大家讲述自己的故事。整个演讲过程，看不出他有疲惫的感觉，热情贯穿始终，语言非常朴实，看来只要是自己热爱的事业，绝无"内卷"与"996"的感觉。故事、情怀的力量是巨大的，他的讲述很能打动人。在这家山中民宿做成功后，为了帮助当地乡村的发展，他又创办了小镇文创公司，推动"专长换宿"，鼓励更多人来到竹山帮助当地发展，发起在地青年论坛，创办竹巢学堂，鼓励更多外地工作青年回乡发展在地产业。用他自己的话说，"希望有一天，台湾乡镇能够用'生活'取代'观光'，用'文化'取代'景点'，用'永续'取代'营收'"。

　　情感满满、责任满满的演讲在热烈的掌声中结束。何培钧送了我一本他的著作《有种生活风格，叫小镇》。书的封面上有一句话："天空的院子，翻转地方的梦想、信念、价值。"看得出来，这是一位既有想象力又有行动力的青年文创人才。其实，这个世界的问题很多，但是通过观察问题，运用文创理念，年轻人可以感知世界，发现自我，找到方向。

在薰衣草森林参观时，我们得知这里的创办人是两个女生。一个是银行职员，一个是钢琴老师，两人在 30 岁出头时辞掉工作，在台中开办了第一家"薰衣草森林"咖啡厅，日趋成功，并逐渐在全台扩展，更进军日本北海道开民宿，年营收达数亿台币。在薰衣草森林漫步，犹如童话世界，很能体现创办人的气质。不过听介绍时得知，其中一位女生已经过世，更让同行者有唏嘘之感，也产生了"有梦想就行动"的体悟。

此行遇到多位这样的优秀文创人物，不仅有年轻的，也有年纪大些的。廖嘉展是新故乡文教基金会董事长，年届六旬，他和夫人一道带领桃米村的民众建设美丽乡村，将一个传统乡村转型为一个结合有机农业、生态保育和休闲体验的教育基地。他的夫人在给我们讲解时，体现了对当地生态环境的热爱，19 种青蛙、43 种蜻蜓、60 余种鸟类以及众多湿地生态植物，如数家珍。在谈到地方经济发展时，特别强调了"生态为本、文化为根、产业为用"的准则。

廖嘉展希望以"社会企业"方式推动当地发展，他吸取日本震后重建的经验，建设了纸教堂，通过参观门票及相关产品收入，支持文艺表演、农民市集等形成新的产业体系，拿出 10% 的收入作为小区建设基金，希望循着教育学习、观念改变、行动实践的策略，带领当地民众一道建设桃米新社区。在与他交谈时，他的声调不高，语速不快，但能感觉到他内在的愿景力量是巨大的，以至于在深夜还愿意与我们一行做兴致勃勃的深入分享，毫无疲惫之态。

那天夜里，在廖嘉展的分享后，我们一行跟随他的助手，深度体验了探寻青蛙之旅，近距离地接触了许多种青蛙。我是第一次知道那么多青蛙的名字，知道青蛙前腿、后腿各有几个脚趾。同行的校友甚至开启了视频直播,把探访的全程与家中的孩子分享,兴致无比的高。

在卓也小屋,我们见到了创办人郑美淑。曾经做过教师的她,因为深爱蓝染,与先生一起创办了蓝染主题休闲园区,被媒体称为"一入蓝门深似海,一去十年回不来"。她说,从种植山蓝草的农园、蓝草浸泡缸的天然颜料萃取,到亲手制作蜡染文创产品,可以体验把最泥土的生活方式与创意结合,创造不一样的生活美学。郑美淑给我们做演讲后,她先生也一起来与我们分享,未承想,两人当着我们面就表示了不一样的经营理念,但大家觉得很是可爱,尽管有差异,但两人都是为了把这份山中的文创事业做得更好,都充满了热爱,因此大家以热烈掌声报以支持。郑美淑与我们见面后,要立刻赶去武夷山,据说是受当地人的反复邀请才决定去的。看来,文创发展已经成为两岸互动的紧密纽带。

三

离开台北前,主办方邀请我们去了台北市郊的"食养山房"。这里的创办人林炳辉曾经是建筑师,40岁出头时动念归隐山林,创办了这家"感受到安静"的餐厅。在餐厅里,处处可见东方禅意,极致简洁的布置,朴质无华的器具,与自然原生的风景融为一体,甚是动人。

林炳辉与我们见面时,一袭白衣,清瘦亲和,我们请他给大家讲讲自己的创意。他引着我和同行几位,来到一间屋子,面朝窗户坐下。窗户是没有玻璃的,窗外是浓绿的树林,我们就这么坐着,没有一句话,都是安静地看着窗外,只有簌簌的树叶声阵阵入耳。几分钟后,有了人与自然化而为一的感觉，有了自己看见自己的感觉。过了好一会儿，林炳辉起身说，在山里待久了，语言能力退化了，就带大家看看山景吧。如此"与自然对话"的无言之讲，也算是有创意了，让人记忆深刻。

此行见到了许多台湾文创人，不及一一记述，但其共同点，都是对从事的工作热爱满满，对文创的事业能力满满，对社会的责任意识满满。虽然回来很久了，但这些人物的形象还依然鲜活，宛如昨日刚刚交流过。

从台湾到大陆，从中国到世界，文创业的发展有着无限前景，适应了当代人的消费需求，从功能需求到审美需求再到情感需求。普遍地看，人类对自然与历史有着本能的喜爱之情，凡是与这种情感产生共鸣的文创产品、文创业态，都获得了大的成功。此行下来，仔细思之，好的文创发展不应迎合低层次的欲望，而要引领高层次的价值，真正做到以改善人的精神空间为本，建设尊重生态、尊重生命、尊重生活的新人文主义。

后记

2017 年 1 月，我带着 10 余位清华学子踏上了东非的土地，开展海外实践教学活动。这次活动是试探性的，因为这片土地对我而言是陌生的，这样的海外实践教学活动对我而言也是陌生的。临行前，许多好心的朋友提醒我注意安全和其他不确定的问题。到达东非后 10 余天下来，行程满满，收获满满，我和同学们一起见了许多人，经历了许多事，每天讨论了许多内容，对访问的国家、自己的祖国以及各自的人生都有了更多认识。

走出中国看世界，站在世界看中国。阅历的增长，让我们眼中的地球越来越小，而心胸却越来越大。在旅行过程中，我自己时时有一种激动感、喜悦感，也有了一种全新的感受。这种感受源于集体探访世界的过程，源于独自旅行所不会有的体验，许多收获是独自旅行无法感受到的。我想，这或许就是一种真正属于当代大学教育的"从游"模式，大鱼、小鱼一起游入浩瀚的世界之海，一同去感受世界之海的广阔。

当代青年学子是具有鲜明特点的一代，其标志性的特征有：全球视野，朴素爱国，数字生活，自主学习，与这些青年在一起学习和生活，是令人愉快的，也是充满挑战的。如何让大家不只关注成绩，更要关注成长；不只关注就业，更要关注事业，这是我特别在意的。也正因为如此，在旅行中，我很乐意与同学们持续交流，不论在大巴车上，还是在旅店里，甚至在异国他乡的深夜街头，这些场景中的交流是最无遮拦、无边界的。当然，这种交流的收获是双向的，所谓"教学相长"在这种旅途的漫谈中得到最鲜活的体现。

在大量的全球旅行中，在多彩的世界文化中，我和青年学子们一起边看、边聊、边思、边写，积累了许多感受与文字，多数文字以散文随笔的形式刊发在清华校友的刊物《水木清华》上。许多校友见到我，都会说看到过我写的这些文章，给予了好评，尤其记忆深刻的是，在 2020 年年底的一次会议上碰到亲爱的贺美英老师，贺老师一见我就说她读了我的许多旅行随笔，并建议我结集出版。

随着对文章的反馈越来越多，我也越来越重视这些随笔，并不断修订文字。后来，我决定将这些随笔结个集子出版，希望自己的所看、所思能够让更多的人看到，也希望有更多的青年人成为人文主义者、创造主义者、趣味主义者。

要成为这样的人才，看到这个世界的人与人文至关重要。2022年的暑期，我参观了坐落在云南边陲的滇西抗战纪念馆，看到一张题为"借火"的照片，画面中是抗战期间一个美军飞行员向一个中国农民借火点烟，两人脸对脸、烟对烟，宁静而微带笑意，那个瞬间的融洽溢于画面。在那个战火纷飞的年代里，原本远隔万里的两个陌生人聚在一道，虽文化不同但心意相通，虽行为朴素但精神高贵。这就是世界的人与人文，历史的人与人文，也是我们应该追求的人与人文。

希望这本书能够为读者特别是青年读者展开世界的新景观与人生的"另一种可能"。

2022 年 7 月 29 日于云南腾冲

图书在版编目（CIP）数据

这个世界的人与人文 / 胡钰著． -- 北京 ： 海豚出
版社， 2022.10
ISBN 978-7-5110-6043-3

Ⅰ．①这…Ⅱ．①胡…Ⅲ．①散文集－中国－当代
Ⅳ．①I267
中国版本图书馆 CIP 数据核字（2022）第 120704 号

这个世界的人与人文

胡钰 著

出 版 人　王　磊

责任编辑　赵　耀　韦　玮
美术设计　梁健平
责任印制　于浩杰　蔡　丽
法律顾问　殷斌律师

出　　版　海豚出版社
地　　址　北京市西城区百万庄大街 24 号　邮编:100037
电　　话　010-68325006(销售) 010-68996147(总编室)
传　　真　010-68996147
印　　刷　涿州市荣升新创印刷有限公司
经　　销　全国新华书店及各大网络书店
开　　本　32 开 (889 毫米 ×1194 毫米)
印　　张　8
字　　数　200 千字
版　　次　2022 年 10 月第 1 版　2022 年 10 月第 1 次印刷
标准书号　ISBN 978-7-5110-6043-3
定　　价　88.00 元